緋彈的亞莉亞 VIII

Aria the Scarlet Ammo

螺旋的天空樹

赤松中學

1彈　亂世之宵

「參與『宣戰會議』的各組織、機構、結社的大使們。」

此處是夜晚的人工浮島：空地島——

身穿重甲的貞德，對強光和濃霧中的怪客集團如此宣告。

「我是伊・U鑽研派的餘黨貞德・達魯克，在此先恭迎各位的到來。」

她的話語是在歡迎沒錯。

但聲音，聽起來卻暗藏了殺氣。

啊……該死！

連普通模式下的我都能察覺。

聚集在此地的眾人，有著錯綜複雜的敵意。

——這群傢伙，現在的氣氛一觸即發啊。

（這到底是……怎麼回事啊！）

遇到身分不明的武裝集團時，理論上要先掌握敵方的戰力。

然而，現在的我辦不到。

我連誰是敵、誰是友都搞不清楚。

貞德、蕾姬，還有隔壁這位剛才找我搭話的……狐狸人？這傢伙看起來不像敵人……但其他人就不知道了。

我希望加奈是自己人。不過，她和「沙礫魔女」佩特拉一塊現身，看似很友好的模樣，讓我不得不提防啊。

還有，我也不曉得其他人會做出什麼事來。

既然如此，若繼續留在此地，我可能會有生命危險。

不過，逃走這個舉動——

反而更危險。

我背對眾人的瞬間，可能就會被亂槍打死。

所以我——

（該死……！）

只能杵在原地，動彈不得。

混帳。

為什麼！

我明明是一個微不足道的高中生，只想過著平凡無奇的人生啊……

到底是為什麼，我要被逼著參加這種怪人雲集的集會啊？

此時，貞德彷彿在給我提示一樣，又張開了薔薇色的嘴脣。

「有人是第一次參加這個會議，所以我先來一段引言。過去，我們潛伏在各國的檯面下，各自傳承了武術和智謀——至今一直你爭我奪。隨著伊・U的氣勢如日中天，我們的鬥爭暫時停止了……不過伊・U瓦解的現在，震天的戰鼓將要再次響起。」

——伊・U。

我在心中複誦了這個我不願想起的字眼。

那是以核子潛艇為根據地的組織，成員包含眼前的貞德在內，皆是視法律如無物的超人。

兩個月前，我和他們的領袖——亞莉亞的曾祖父夏洛克・福爾摩斯交手……最後，該組織就瓦解了。原本應該如此。

但不知為何，那個名字卻在這裡出現。

我吞了口口水，發出咕嚕聲響。這時在視野的角落——

有個人影上前一步，對眾人開口說：

「各位，我們就不能化干戈為玉帛，一定要走回頭路嗎？」

柔和圓潤的甜美聲音。

聲音的主人是一位女性，水汪汪的藍眼是人群中最溫和的。

不需睫毛膏的細長睫毛和愛哭痣，令人印象深刻。不過，她只有美麗臉蛋和頸部的白皙肌膚裸露在外。

因為她成熟的身體，穿著一件金色刺繡的純白法衣。拿著小十字架的手上也戴著白色長手套，把自己包得密不透風。

女性輕飄的金色長髮，沒有頭紗遮掩。

不過，她大概是修女吧。

會說**大概**是因為——她臉上施有淡妝，是一個容貌嫵媚——而且，還揹著一個普通修女絕對不會有的物品。

一把劍鍔有金色裝飾、大得不像話的**大劍**。

「梵蒂岡認為伊・U是必要之惡，容許了他們的存在。戰力高超的伊・U一直到最後都保持沉默，不表態要和哪個組織結盟，這讓其他組織不敢輕易出手，深怕伊・U會加入敵對的勢力……從結果來看，這也讓我們長時間維持了和平。各位不想繼續這崇高的和平嗎？」

修女雙手合十，緊握十字架。

我不知道她是何方神聖，不過說得真是太好了。看來她是一個**好人**啊。

請各位務必維持和平。我今晚可不想死在這裡啊。

「我今晚來這裡，是為了告訴各位梵蒂岡不希望看見戰亂。我們可以從和平中取經，集合眾人的睿智創造和平，避免無意義的鬥——」

「最好是啦！梅雅，妳這個偽善者。」

身穿黑長袍的女性，在修女的斜後方插嘴說。她是剛才一直在和修女——她似乎叫梅雅——互瞪的**魔女**。

我會如此斷定是因為她的穿著……

從頭到腳就是一副典型的魔女樣。

嬌小的身材穿著漆黑的天鵝絨長袍，頭戴黑色尖頂帽，還很貼心地在肩上放了一隻大烏鴉。

連不諳S研領域的我，一眼都能看出來了。那不是魔女才怪呢。

魔女年約十四，黑髮鮑伯頭，右眼戴著深紅色的眼罩，貌似獨眼龍。

眼罩上的……黑色圖案是什麼？

卍？不對，是傾斜了四十五度角的「卐」字。啊！那是……！

歐洲歷史上最令人憎恨的圖案。

德國的納粹十字。

眼罩魔女抬起頭，左眼的紅眼珠，狠瞪著修女梅雅。

「你們根本沒停戰過吧。上次才在德國的杜塞道夫襲擊了我的使魔，現在還敢說和平？這種鳥話是哪張嘴說出來的！」

魔女的語氣不悅，憤憤地開口說。

「閉嘴！卡羯‧葛菈塞。妳這隻骯髒的噁心害蟲！」

……咦？

修女梅雅的語氣驟變，柳眉倒豎。

「你們這群魔物另當別論。你們的存在本身就是一種毒害。我要消滅你們、根絕你們，不會有半點猶豫。包含舊約、新約、次經在內的所有聖經，都找不到讓你們活命的理由。我會在適當的節日，用聖火把妳烤成黑炭，再把屍體大卸八塊分別丟到不同的河裡，還不趕快跟我道謝，說謝謝。喂！快說謝謝！快說！」

梅雅一改溫和的氣息，掐著魔女的脖子大叫。

我、我收回前言。她一點都不像**好人**。

她似乎是雙重人格。而且另一人格的品性還很惡劣。

「呀哈哈哈！對，要戰爭了！跟你們梵蒂岡的戰爭我等很久了！怎能錯過這天大的好機會！對吧，希爾達！」

嬌小魔女被勒著脖子騰空架起，卻哈哈大笑地向另一位女性說話。

她搭話的對象是——

外型最異於常人的金髮少女。

少女的背上有一對大蝙蝠翅膀，綁著兩撮頭髮。

「是啊。我也一樣，最喜歡戰爭了。因為能喝到美味的鮮血。」

少女鮮紅色的脣瓣，說了一句令人發顫的話語。我的雙眼再次驚訝圓睜。因為我看見她的口中有樣東西，前端包覆著某種緋色的金屬……那是**尖牙**。

亞莉亞的犬齒也很明顯，但少女卻不是那種感覺。

她的尖牙更長而銳，宛如蝙蝠。

「希爾達……我明明把妳的頭給砍了，妳也挺頑強嘛。」

梅雅把嬌小魔女丟到一旁，轉而瞪向蝙蝠女。

難不成……這位一開始主張和平的修女，其實才是最勤於樹敵的人？

「妳以為把頭砍掉，就能殺死德古拉女伯爵嗎？梵蒂岡還是一樣蠢呢。我聽父親大人說過你們幾百年前的樣子，沒想到現在還是一模一樣。」

蝙蝠少女——這傢伙叫希爾達嗎——把塗有紅指甲油的手指放在嘴邊，晃動長捲髮發出高傲的笑聲。她穿著歌德蘿莉風的衣服，像是把十八世紀的歐洲服裝改成了現代風格。

衣服輕飄飄的感覺，和理子的甜美蘿莉風如出一轍；但顏色卻是以漆黑為基調，有一種陰森頹廢的不祥之感。

此外……少女迷你裙下的襯裙，和蜘蛛絲圖案的過膝襪之間——武藤稱這兩者之間的大腿部分為「絕對領域」——有一個宛如刺青的白色圖案。

那個圖案我有印象。

六月，我在橫濱和德古拉伯爵：弗拉德交手時，他身上也有同樣的**眼珠圖案**。少女的皮膚白皙，圖案又和吊襪帶混在一塊，使我一時難以察覺。

（她是**吸血鬼**嗎……！）

除了弗拉德之外，還有其他吸血鬼嗎？

這是第二次遇見，所以我沒有感到太過驚訝，不過……我還是不想和她交手。

「梅雅姑娘，剛才妳說和平？」

此時，一位身穿鮮豔中國服裝的苗條男子，語調悠閒地開口說。

圓眼鏡下的瞇瞇眼帶著笑意。

處在這種危險的集團中，他卻顯得游刃有餘啊。

「那是一種虛無縹緲的東西吧。因為我們彼此的關係和同盟情誼，本來就像長江一樣悠久、像黃河一樣錯綜複雜。不是嗎？」

說到這，他仰望風力發電機上的蕾姬。

蕾姬沒有回應，只是抱著德拉古諾夫狙擊槍，坐在那裡。

「如果可以的話，我也不想掀起戰端。」

貞德冰藍色的眼眸，環視眾人說。

「不過，各位都知道這一天終會到來，知道伊．U會隨著夏洛克的隕落而瓦解，使我們再次陷入混戰。所以這次『宣戰會議』的召開，也是夏洛克還在世的時候就決定好的事情。各位大使啊，我們無法避免戰端。**因為這是我們存在的本質。**」

我花了一段時間……

才慢慢明白此集會的目的。

從貞德的發言來看，這個世界有許多地下組織，而眼前的眾人就是那些組織的一員。

伊・U也是其中之一吧。弗拉德的吸血鬼一族、昭昭說的藍幫、蕾姬的烏魯斯八成也算在內。

他們相互對立、結盟，至今不斷在鬥爭。

從方才的片段談話來看，這段鬥爭持續了許久、許久。

這段期間，他們——送使者來此的集團——未被對方消滅，就表示彼此的實力相當吧。

然而伊・U的出現，讓力量平衡發生了變化。

伊・U的核子潛艇備有戰略飛彈，擁有強大火力和隱匿性，立場又維持中立，肯定讓所有人都感到芒刺在背吧。

萬一自己的敵人和伊・U同盟，敵我雙方的力量平衡就會瓦解……導致己方被消滅。

所以這群傢伙才會暫時「休戰」。

因為他們不知道放在檯面上一把名為伊・U的刀子，會在何時被人拿走。

現在，那把刀子不見了。因為我和亞莉亞的緣故。

正因如此──

「那麼我就依循古法，先行朗讀三個協定。八十六年前的宣戰會議好像是用法文朗讀，不過這次我會把它翻譯成日文，請各位見諒。

第一點。任何時間點，任何一方都可主動挑起戰端。戰鬥視為決鬥，但允許使用偷襲、暗算、間諜和奇術，也允許侮辱對方。

第二點。為避免永無止境的殺戮，禁止派遣沒資格參與決鬥的雜兵上陣。此項優先於第一點。」

這段話帶有一點時代的色彩，但我……並非完全聽不懂。

這兩條規則，應該成對來思考。

組織之間會戰鬥，但不是全面戰爭。

各組織只需派遣戰鬥型的人物出戰，分出高下，就像在玩卡片遊戲一樣。

規則並未嚴格規定決鬥的次數，以及可派出的人數；但簡單來說，就是禁止像現在戰爭一樣大規模徵兵，直到把對方斬草除根為止。

換句話說，只要自己的組織沒有強悍的戰士，就必須舉白旗投降。

這種戰鬥形式相當古老，但也不是史無前例。日本在平安時代，曾有過武士的一對一決鬥，參與者都是各地推派的著名武士。

要說合理，的確相當合理。

「第三點。戰鬥主要分成『師團』和『眷屬』這兩大聯盟來進行。聯盟的名稱歷史久遠，為了對歷代的諸位烈士獻上敬意，名稱將永世不變。

有意所屬哪個聯盟，各組織可當場宣言定之。也可保持緘默，維持中立。宣言後，不禁止更換所屬；不過各位要記住，在場眾人的自尊心甚高，變節者會遭受相當程度的對待。

接下來，我將徵詢各組織的所屬宣言……首先，我們伊．U的鑽研派餘黨，宣言加入『師團』。梵蒂岡的聖女梅雅同樣是『師團』。魔女連隊的卡羯．葛菈塞、以及德古拉女伯爵：希爾達是『眷屬』。諸位應該不會換所屬吧？」

貞德說完規則後，點名剛才的三位女性。

「啊——主啊！請祢寬恕，我將再次舉起利劍。」

修女梅雅在哈密瓜般的巨乳前劃了十字，大聲說著。

「對，不會更換。梵蒂岡自古以來就是討伐汙穢眷屬的『師團』，是殲滅師團的始祖。」

然後，她用戴著長手套的手，指著魔女和吸血鬼女。

「我當然是『眷屬』。誰要和梅雅站在同一邊啊。」

魔女卡羯・葛菈塞開口說。

「這還需要問嗎，貞德。我生為黑暗眷屬，當然會加入『眷屬』吧。玉藻妳也一樣吧？」

蝙蝠少女希爾達在魔女面前說完，踏響高跟鞋轉身面向我。

不，是我身旁的狐狸少女。

名為玉藻的狐狸少女，踏響單跟木屐走上前，把剛才朝著貞德的耳朵——頭上突出的尖耳，微微轉向希爾達。

這孩子……背著一個像小學生書包的木箱，穿著一件像短裙的和服，衣襬下方……該說是不出所料嗎，有一條毛茸茸的尾巴。

很明顯是狐狸尾巴。

「抱歉了，希爾達。咱這次是『師團』。因為咱聽說，今日的星伽和基督教會有盟約。佩特拉，汝也來師團吧。」

等、等一下，狐狸小妞。

妳剛才是不是說到星伽，而且似乎還認識希爾達和佩特拉。

這個玉藻究竟是何方神聖？

看來有一位令人意外的關鍵人物，就在我的腳邊。

我漸漸看出端倪了。超能力者和怪人之間，有著我所不知的人際關係，而這個玉藻似乎認識我，也把我當成了自己人。

玉藻說話的方向，濃霧的另一頭，

「玉藻，妾身很感謝妳過去對先祖的諸多教導。不過，妾身和鑽研派的**優等生**有一些私怨。這次伊・U主戰派是『眷屬』。」

佩特拉用手指轉動一顆大水晶球，M型的嘴唇如此回應。

「啊——妳要選哪邊？加奈。」

身穿類似泳裝的衣物、頭戴眼鏡蛇金冠的佩特拉，轉頭看加奈。

而手拿死神大鐮刀：蠍尾的加奈——也就是我的大哥——閉上了寶石般的眼眸，如此宣言道。

「創世紀第四十一章十一節：『我們二人同夜各作一夢、各夢都有講解』。我是以個人名義來到此地，這個嘛，就讓我『保持中立』吧。」

「這樣啊……這麼說也對啦……」

佩特拉聽了突然一臉沮喪。

大哥一副「真拿妳沒辦法」的表情，戳了佩特拉的額頭，令她驚慌失措，面紅耳赤。

大哥。

你也打算……參加這場戰鬥嗎？你的目的是什麼？

「貞德。自由石匠(註1)也『保持中立』。讓我們暫時觀望吧。」

低沉響亮的聲音，出自濃霧最深處的風衣美男子。

他給人一種危險的印象，就像一把利刃。

男子不再開口，所以我也不能觀察到什麼。這傢伙身分不明。

「LOO──！」

這時，在場更──不，是最身分不明的傢伙，開口說話了。不對，應該說是發出聲音。

我希望盡可能不去看**他**──不對，是「**它**」在生鏽的歪斜風車下，高度超過三公尺的身影。

它是一個塗成迷彩色的鋼鐵，比玉藻和希爾達更不像人類。

那東西的身上裝滿了瞄準器、天線、榴彈、煙霧彈發射器……等裝備，乍看像一輛戰鬥車輛，但卻不是如此。

首先，它不是車輛。

它用**雙腳**站立，沒有輪胎或履帶，但腳部的關節和人類前後相反。

同時，身體的左右兩旁還有巨大的機械手臂。話說那是什麼鬼東西，它的左手還

註1　此處的自由石匠英文為Libertymason。但在本作的日本維基中，該結社會自動連結到共濟會(Freemason)，由於英文不同，本書採用自由石匠之翻譯。

有M61格林機槍——火神砲！

火神砲為機關砲的名稱，通常是配備在戰鬥機等載具上，是一種每秒能發射高達一二〇〇發子彈的邪惡兵器。

使用的彈藥是每發重達一百公克的M50彈。這種子彈人類光是被削過，都會造成致命傷。

不過，該武器的槍管需要冷卻，無法做出三秒以上的連射。但這種怪物級的武器，光是拿在手上都犯規了吧。

「LOO——LOO——LOO！」

那臺二足坦克（我只能這樣稱呼），發出了LOO、LOO的聲音，好像在說話。

那是什麼意思？我聽不懂。

「……LOO，我知道你來自美國，但我對你的認識不深。如果你不知道該如何溝通，那我就當你保持『緘默』，可以嗎？」

貞德毫不畏懼，不假辭色地說完，

「……LOO……！」

那傢伙像是在點頭，姿勢稍微改變了。

我多少看出了一點名堂，那東西不是無人兵器，內部有人類駕駛。

也就是人型格鬥機器。

我不知道他（或它？）的名字，就當他是LOO吧。剛才貞德也是這樣稱呼他的。

「我，『眷屬』！」

此時，突然有一個充滿朝氣的聲音，以單字大叫說。

聲音的主人是一位穿著虎紋毛皮、看上去只有十來歲的女孩。

怎會有小孩子在這裡……？

我如此心想，但很快就知道理由了。因為我看見一個具有衝擊性的光景。

少女大叫完，使勁舉起了腳邊的大斧頭。那斧頭**比她的人還大**。

武器巨大厚實，與其說是斧頭，倒不如說是鐵塊。

女子舉重的世界紀錄，挺舉也沒超過兩百公斤，那把斧頭很明顯破兩百公斤。正確的重量我不清楚，但應該不下三百公斤吧。

少女就這樣把斧頭舉了起來，而且還是用單手。

咚！

鮮豔羽毛裝飾的斧尖，刺在地面時居然引發了微震。好驚人的重量感。我甚至起了錯覺，以為整座空地島都在震動。

「哈比，『眷屬』！」

少女說話帶有鼻音，抬頭重複道。

她蓬亂的頭髮上插著一朵鮮花，翹起的瀏海下方——有角。

我瞄到了兩隻角。

原來如此。

這傢伙也是怪物類嗎？

自稱哈比的少女，頭上的角比亞莉亞的犄角髮飾還小一號。

那對角一左一右就長在額頭的內側，是一對自皮膚底下隆起的圓錐物，不像犀牛和牛羊一樣有角鞘，而是像長頸鹿一樣外層包著皮膚。

我突然覺得自己很可悲，看到怪物居然還能這樣冷靜分析啊。

「遠山，『巴斯克維爾』要加入哪一邊？」

「……？」

貞德突然對我開口。

我乍聽之下腦袋一片空白。

「什、什麼？為啥要**扯到**我啊，貞德。」

「夏洛克是你打倒的吧。」

「不、不是，那算是湊巧的……我只是去救亞莉亞，然後夏洛克剛好在那邊……」

「你還不懂嗎？你是『巴斯克維爾』這個組織的領袖，必須在這次的宣戰會議中，發表聯盟宣言。因為瓦解伊．U讓我們再次開戰的人，是你。」

「……等、等一下。『巴斯克維爾』……只是一支學生組成的武偵隊伍喔，跟你們這群人不一樣。而且我只是個掛名的隊長——」

「遠山。**你瓦解了伊・U。既然做了就要負起責任**。你是男人吧。」

「開什麼玩笑！我會來這裡也是臨時被叫來的！你們想要我怎樣啊……！」

「我要你選邊站，『師團』還是『眷屬』，看你覺得哪邊有勝算。」

「……喂、喂！」

貞德不容分說的語氣，讓我無法反駁。

——這關我什麼事啊！

我想大叫逃走。

但超人們的視線，全聚集在我身上。光是如此我就動彈不得。

我就像一直被蛇盯上的青蛙……不對，應該是被蛇群包圍的青蛙。

這時，蝙蝠少女希爾達轉動花邊黑陽傘，對我和貞德說：

「第一次來的新人都會醜態百出，驚慌失措。貞德妳這樣欺負他，他太可憐了。連問都不用問了吧？遠山金次。你們是『師團』。只有這個選擇了。因為你是『眷屬』偉大的老將・德古拉伯爵弗拉德——我父親的仇人。」

希爾達哼了一聲，銳利的眼神瞪向我。

我中斷和貞德的對話，轉身看她。

我還在猜她和弗拉德是同種族，原來是他的女兒嗎？

「──那麼，我代表烏魯斯，宣言加入『師團』。」

蕾姬無視希爾達，在上方開口說道。

「我個人是『巴斯克維爾』的一員，不過我所屬的團體也會加入『師團』，所以這樣宣言不會有問題。烏魯斯也允許我，以代理大使的身分宣言。」

蕾姬坐在風力發電機的扇葉上，姿勢和我一開始看到的一樣，動也沒動過。

蕾姬說完，穿著中國服、戴著圓眼鏡的男子，抬頭看著她竊笑。

「藍幫大使，諸葛靜玄宣言。我們是『眷屬』。烏魯斯的蕾姬前陣子妨礙了我們做生意，這筆帳要算一算才行。好了……只剩下你還沒宣言囉？」

語畢，他對霧中另一位人物說。

參不參戰我都還沒表態，就好像已經拍板定案了一樣。

（饒了我吧……不是吧……！）

我繃緊了神經無法插話，只好轉頭看最後一個人……

穿著鮮豔小丑服裝、好像從頭到尾都沒在聽話的男人，啪一聲！

把至今一直在聽的MP3連同白色耳機，丟到了地上。

「呿！一點都不美。」

他不屑地說完，抬起了頭來。大家在說什麼他真的沒在聽呢。

接著，他用不耐煩的眼神環視眾人，臉上畫著某國原住民的戰鬥妝。

「嘖！真是太蠢了。我以為來這裡的人都很強，所以才過來的，結果搞屁啊。簡單來說，來這的人都是**跑腿**嘛。都是一群小角色，害我白跑了一趟。」

看來這傢伙跟我一樣，都是「想回家派」。

我們挺合得來的嘛。

雖然我們不想待在這裡的理由，一個天南、一個地北。

「GⅢ，來這裡的都是『大使』沒錯。大使的挑選基準不是戰鬥力，要看個人的意願和組織的推薦，還要有當使者的資質，以及具備一定程度的外語能力。此外，這不是硬性規定，不過像你這樣以個人名義參加的人以外，各組織照慣例都會推派宦官、非好戰分子或年輕女性來當大使。我承認在場的眾人，都不符合你的要求。不過GⅢ，如果你就這樣回去，就等於是『保持中立』。」

「關我屁事啊。」

男人回應貞德的忠告，連正眼都沒瞧她一下。

「……我們都在追求和爭奪相同的東西，遲早會掀起戰端。屆時，只要選擇加入『師團』和『眷屬』其中一方，敵人的數量就會減少一半。我們從未公開過所屬組織的人數，不過至少在場的十餘人中，有一半不會是你的敵人。」

「敵人？」

GⅢ呸一聲，朝一旁吐了口水。他的名字叫GⅢ嗎？

這無禮的舉動，令貞德皺眉。

「笑死人了，我今天會來這裡只是想知道，你們派來的人會有多強而已。聽好了，下次帶最強的人過來。我會把他們全殺了。」

GⅢ說完——

身體有如壞掉的日光燈，發出絲絲聲響。

接著，逐漸消失。

他真的在消失，我能看得見他身後飄動的霧氣。

「……！」

彷彿特技鏡頭下的……透明人。

我看著GⅢ從半透明變成完全透明，最後消失無蹤。

看……看來他很難對付。不管是能力、說話方式，還是性格來看。

「下賤的男人。就像一條狂吠的小狗，我連殺他的心情都沒了。」

希爾達夾雜著歎息聲說。現在是半夜，她卻撐著陽傘。

「不過，這樣一來全都宣言完了。是吧，貞德？」

「……沒錯。最後，這場鬥爭……將按照慣例，以宣戰會議召開的地點，命名為『極東戰役（Far East Wafare）』——FEW來稱呼。感謝各位的與會，祝各位武運昌隆……」

「那可以了吧？」

「……嗯？——現在嗎？」

「沒關係吧。**反正已經開始了**。」

「等等，妳不是說今晚……不想在這動手嗎？」

「是啊。這裡不是一個好舞臺，高度太低，天氣也差強人意。不過，我改變主意了。機會難得嘛，所以就稍微玩一下吧。」

妳們兩個幹麼。

現在在說什麼。

為什麼……

兩個人四隻眼睛——

要看著我！

「以前好像沒有——宣戰會議不流血的……對吧？」

希爾達朝我一笑，露出尖牙。

貞德則表情慌張，對我送了一個簡短的眨眼訊號——「RA（快逃）」，讓我瞪大了雙眼。

「……！」

我被捲入這群怪物的會議中，現在會議結束了。

這表示接下來要和誰交手都可以嗎？

不過對方突如其來的舉動，似乎出乎貞德的預料，只見她慌忙舉起手上的劍，刀刃上逐漸覆上一層冰晶，發出啪啪聲響。

……刷刷刷……刷刷……！

我看著眼前的希爾達融入自己的影子中，頓時呆站在原地。

這幅景象太超現實了。

就算我拔出貝瑞塔，也找不到人開槍。

影子就像一條滾動的地毯，朝呆立的我蠕動而來。

「遠山快逃！我只能拖住她三十秒！」

貞德像在擲標槍一樣，把杜蘭朵射了過來——刷！

劍身刺在黑影裡。

瞬間，黑影的動作慢了下來。貞德刺在地上的劍，彷彿封住了黑影似的。

但影子沒被完全封住。

依舊朝我的方向……慢慢蠕動靠近。

（這種……這種對手……！）

我現在不是爆發模式，只是一個平凡的高中生！

這要我怎麼應付！

而且，我要怎麼逃離這種怪物。四周都是莫名其妙的傢伙，要我往哪逃！

我像在求救，轉頭看了狐狸少女玉藻。

但玉藻沒在看我。

她看著人工浮島的南端。

不對，不只是玉藻。

名為哈比的犄角少女，也手拿大斧看著同樣的方向。

「……嗯？」

其他怪人也跟著面向南方。

往學園島的方向看去。

過了幾秒後，我才終於聽見……嗚嚕嚕的引擎聲。

那是小型汽艇的聲音。

汽艇咚隆一聲，撞上空地島停了下來。

過了不久，我看見空地島的南端，有一隻**小手**啪地抓住了崖邊。

那、那是……！

「我預先請SSR布好網，果然是對的！沒想到你們會自己送上門來，勇氣可嘉！妳們在吧？佩特拉！希爾達！」

崖邊傳來尖銳的娃娃聲。

一個穿著水手服、綁著雙馬尾的身影，嘿咻一聲爬上了空地島。

是……亞莉亞嗎！

「伊．U的殘黨！來兩個我抓一雙！這個月媽媽在高院開庭，我可以把妳們當成伴手禮。」

或許是因為亞莉亞在濃霧後方——

她還沒發現，自己闖入的地方有多危險。

「亞、亞莉亞！這裡現在很危險……！」

我不顧自己的危險，大叫想制止亞莉亞，以免她火上加油。

然而，亞莉亞發現了逍遙法外的伊．U殘黨，不可能會善罷甘休。

當她看見怪人的陣容時，眼神又是驚訝、又是迷惑；但還是刷刷兩聲——

拔出了白銀和漆黑色的手槍。

就叫妳住手了！

「LOO——！」

步行戰車LOO發出了機械聲，轉過身來時——

「妳們還帶了手下是嗎？金次！你在的話就幫忙掩護！」

亞莉亞冷不防扣下扳機。

不容分說地，槍口連續冒出火光。

「！」

子彈不是飛往ＬＯＯ的身體，而是飛往它上方故障的風力發電機，擊中扇葉的子彈發出鏗鏘聲，火花四散。

扇葉似乎因生鏽而變得脆弱。其中一片受到集中砲火的洗禮後，吱吱……啪！發出吱吱聲響，從接合處應聲斷裂。

「──ＬＯ……？」

ＬＯＯ發出機械聲，想看上方時，咚隆！

連躲避的時間都沒有，就被瞬間掉下、重達數噸的扇葉給壓住，當場趴在地上不停掙扎，但卻起不了身。

那、那個ＬＯＯ……根本還不知道是敵是友啊！

這個亞莉亞，居然二話不說就動手了。

眼前的ＬＯＯ在冒煙，很明顯是故障了。

「啊哈！啊哈哈！來了！來了！」

這時，有一個人影雙腳成Ｏ型，原地轉了好幾圈。是犄角少女哈比。

她把重如鐵塊的斧頭，如小刀般輕輕舉起，一邊在跳舞。

宛如幼稚園兒童，要準備玩某種好玩的遊戲一樣。

「……嗚！」

我轉頭想確認希爾達的動靜，這才發現──

修女梅雅已悄悄繞到卡羯．葛菈塞的身後，趁她看著被壓扁的ＬＯＯ大笑時，使勁高舉手中的大劍，

「厄水魔女……納命來──！」

她大喊的瞬間，大劍同時劈落，勢如破竹，彷彿要將魔女一刀兩斷。

鏗鏘！

魔女似乎早就注意到梅雅，只見她拿著一把短劍──上頭有橡葉雕刻和鑽石點綴，貌似古代西洋軍人用的武器──擋住了攻擊。

「啊──梅雅……妳真的要死一次，白痴才治得好呢。」

卡羯．葛菈塞錯開短劍──

梅雅的大劍便因自身的重量，咚一聲刺在水泥地上。

「竟、竟然不乖乖伏法……神啊！請寬恕此人的罪孽……不對，神不寬恕也無妨！謹由我來代理，施予神罰！」

梅雅已經氣喘吁吁，又拿起大劍擺出下段姿勢。

那、那邊也開打了。

──這下該怎麼辦！

就在此時，兩人之間突然無預警地迸出了水花。

魔女趁著水滴魔法之勢，瞬間拉開距離，離開聖女。

接著從掀起的黑長袍中，掏出一把金光閃閃的手槍，扣下扳機。

那把槍是——魯格手槍。光看從槍身延伸而出的筆直槍管，以及如尺蠖蟲（註2）般滑動的槍套，便能一眼明白。

魯格手槍算是古董手槍，過去曾是德國納粹軍人的配給品，且命中率優良。

然而，如此精準的魯格——

在九公尺左右的距離下連射，卻無法擊中梅雅。

梅雅露出得意的表情，看起來不像用了什麼法術。

眼前的光景很難想像，但子彈就像**打不中梅雅**一樣。

「嘖！果然沒用嗎？妳真的有夠好運。」

卡羯・葛菈塞掀起長袍，露出白皙大腿和紫色的吊襪環，同時把手槍收回腿上的槍套中。

接著她再次拿起短劍，朝著梅雅衝了過去。這時梅雅已舉起了大劍。

此時，一個身穿防彈長外套的人影，刷一聲闖入兩人之間。

深藍色的大鐮刀發出兩道金屬聲，同時擋架住兩把兵器。

註2　尺蠖蟲是尺蠖蛾的幼蟲，外型像蠶。移動時會將身體弓起，再放直向前蠕動，恰好類似魯格手槍的槍套滑動方式。

「……加奈……！」

我呢喃完，大哥用眼神要我「快回去」，手上的鐮刀刀背擋住了大劍，柄部則架住了短劍，令兩方處於平衡狀態靜止不動。

接著，加奈只是手臂一轉，就讓卡羯‧葛菈塞和梅雅雙方黑白兩色的長袍倒落在地。

「兩位，現在要動手還太早了。今天就先回去吧，好嗎？」

加奈以女明星都自嘆不如的美貌，莞爾一笑——

隨後踏響綁帶半統靴，退到了濃霧深處。而聖女和魔女只是楞楞地看著她離去。

「金次！貞德也在嗎？這是怎麼回事？」

就在此時，亞莉亞跑到我身旁，環視周圍的同時，一邊「喀嚓！喀嚓！」地從裙內取出彈匣，快速裝填上膛。

「亞莉亞，撤退吧！這裡的情況很不妙！妳看了還不懂嗎！」

「一開始我因為濃霧沒看清楚，看來你說的似乎沒錯……」

亞莉亞看見佩特拉朝加奈走去，眉頭一皺，接著刷——

她迅速將雙手張開舉起手槍，彷彿在威嚇周圍所有人。

「佩特拉和你哥哥在一起，希爾達好像也溜了。」

我聽到這句話才想起希爾達，低頭環視濃霧飄盪的腳邊。

的確……黑影消失了。

不，不只是希爾達。穿著風衣、身分不明的溫和男也不見了。

這場突如其來的戰鬥中，他似乎是第一個溜走的。

玉藻……也不見了。不過，我的腳邊多了一顆五彩線球，棋盤狀的花紋相當美麗。

那顆五彩線球中……有一條狐狸尾巴露出了前端部分：但似乎是察覺到我的視線，馬上又縮入了球中。

……我看不太懂，那是防禦模式……嗎？

這時，我察覺周圍有人移動，轉頭一看，發現剛才被亞莉亞壓爛的LOO中，操縱者狼狽地爬了出來。

她是一位少女，身穿形似學校泳衣的深藍色服裝，只見她四肢撐地看著被壓扁的機器人嗚嗚嘆氣。這女孩看起來也像小學生呢。

接著，少女像是在發脾氣，指著亞莉亞發出「嚕嚕」叫聲，隨後站了起來。

她少了步行戰車似乎什麼也做不了，一起身便打著赤腳逃走了。別在泳衣上的徽章……不，是動章還發出了沙沙響聲。我瞬間瞥見動章的樣式，是老鷹圖案。我在強襲科曾學過，那是美軍的階級章，而且還是上尉階級。不是吧？

怪人們逃的逃、散的散，我也稍微鬆懈了下來。就在此時──

「妳為什麼要來，亞莉亞……！小心，希爾達還在。她就在附近……！快逃！她從伊・U那裡——**盜取了『緋色的研究』**！太危險了！」

貞德拔出少了影子封印的杜蘭朵，冰藍色的眼眸看著亞莉亞警告說。

忽然，許多冰晶伴隨著清脆響聲，出現在貞德身旁的濃霧中。

鑽石冰塵。

那是貞德的魔法，能製造出閃耀如鑽石的冰晶。

飄盪的冰晶逐漸增加，像是雲靄一樣，藏住了我們的身體。

貞德想用冰霧藏住我們，藉此脫身吧。

只見她集中精神，擴散如煙幕般的冰粒時——

「……！」

希爾達帶著似笑非笑的表情，雙眼如之前的弗拉德，閃爍著金光——

自亞莉亞的影子中，像是從游泳池浮出一樣，突然現形！

「——Întâi gândeste,apoi porneste.Prilejul te face hot . . .（妳就這樣貿然前來，簡直是飛蛾撲火）。」

希爾達在亞莉亞的正後方，用羅馬尼亞語呢喃說。亞莉亞想回頭卻沒辦法。

因為希爾達已經用鮮紅的指甲，掐住了她的後頸。

——磅！

此時，一旁傳來德拉古諾夫狙擊槍的聲音！

（蕾姬？）

噗咻！

七點六二mm×五四R的子彈，自希爾達頭部左上方打入，由右下方貫出，她頭上的長捲髮雙馬尾也隨之跳動。

「呀！」

子彈的命中聲，令亞莉亞發出叫聲；但她身後的希爾達卻一語不發，只是腦袋晃了一下。

手也沒放開亞莉亞的脖子。

接著，希爾達仰望在發電機上開槍的蕾姬……

「……Baaang♪」

接著伸直左手食指，弄成手槍形狀指著自己的太陽穴，做出開槍動作。

同時滿臉鮮血。

這、這傢伙——也跟弗拉德一樣，不怕子彈。

這下束手無策了……！

「愚蠢的武偵女，我要懲罰妳。」

希爾達說完，張開了鮮紅色的脣瓣——

用口中那兩顆尖牙——尖端包有緋色金屬的牙齒——朝亞莉亞白皙的脖子——

「——！」

啊嗚……！

一口咬下。

當亞莉亞痛得瞪大雙眼時，

「～～～～！」

「喝！」

貞德以華麗的西洋劍式，一個前進刺擊，把杜蘭朵刺向亞莉亞的臉頰旁。

鏗鏘！

希爾達用抽離亞莉亞的尖牙，擋開了杜蘭朵，接著三百六十度轉身退開。

「一個令人高興的失算，你們想不到我還是第一型態，就能夠**剝離外殼**。哦呵呵呵……哦呵呵呵呵！」

希爾達將手背貼在臉頰上——可恨的是，她被蕾姬擊中的部位已經止血了——發出近似超音波的震耳哄笑。

「呵呵呵呵！Fii Bucuros（太美妙）！Fii Fericit（太棒了）！呵呵呵呵呵！」

在這令人想掩耳的豔笑中，亞莉亞用左手撫摸左耳下方的咬痕，檢查出血量，並確定頸動脈毫髮無傷後——

舉起 Government 轉身想反擊的瞬間，

「……嗚……？」

她突然單膝跪地。

「有毒嗎？」

我臉色鐵青跑到亞莉亞身邊時，

「……不妙，遠山家的。這情況比毒還糟糕。」

方才的五彩線球跑到我的腳邊——沒人去碰它卻自己滾了過來——以玉藻的聲音開口說。

比毒……還糟糕？

我一時會意不過來，但我看著亞莉亞，很快就明白玉藻的意思。

因為亞莉亞的身體——

開始發出朦朧的光芒。

這不是我眼睛的錯覺。她的身體四周，開始散發緋色淡光。

「……嗚！」

這光芒……我看過兩次。

「喔喔……」

一次是和佩特拉交手時。現在，那個佩特拉正看著亞莉亞發出驚嘆聲。

另外一次，是在伊・U和夏洛克對決時。

亞莉亞變成這個狀態後——

緊接著，射出了威力可比艦砲的光彈。

不過……她現在的狀況和之前不太相同。

她的身體泛著微光，光芒沒有向外宣洩，感覺像是鎖在她的體內。

「亞莉亞……妳還好吧！」

我用雙手搖動亞莉亞的肩膀。

亞莉亞痛苦地眨了兩三下眼睛，

「……」

接著一語不發，緩緩抬頭看我。

「……？」

她那紅紫色的眼眸，捕捉到我的身影。

眼神彷彿在說：

——你是誰？

「……亞莉亞……？」

不對。

這個眼神和表情。

我和她住在一起幾個月了，所以我知道。

我知道自己這麼說很奇怪——可是，眼前的人**並不是亞莉亞**。

妳到底是誰……！

「該死的希爾達！汝連破除『殼金七星』的方法都知曉嗎！」

「你們應該感到光榮。人類能看見殼分裂，可是史上頭一遭呢。」

我腳邊的五彩線球和希爾達一來一往說完，又接著說：

「遠山家的。亞莉亞跑來的那一刻，就表示咱們的好運用盡了。不用慌張，咱會恢復其中一星。汝別讓亞莉亞亂動。梅雅！汝也來恢復一星！」

語畢，五彩線球冒出白煙變回了玉藻。這變身畫面，就像在看動畫和電影一樣。

玉藻耳朵和尾巴的毛倒豎——

小手拿著一個巫女用的驅邪幡。

接著她向著亞莉亞，像在使棒術似地，握著驅邪幡的兩端。

「……嗚……？」

此時緋色的光芒突然增強，我抓著亞莉亞的雙肩，驚訝無語。

緋光如火色，但不炙熱。這點也和先前一樣。

然而，這次的光芒沒集中在她的指尖。

這次的現象……和之前不同嗎？

光芒就這樣——啪！

彷彿要從亞莉亞的身體迸出一般——

「嗚……！」

往我的前後左右，四處飛散。我只能撐著她的身體。

複數的緋色光球，發出刺眼紅光，飛舞在空中。

這幅景象，深深烙印在我的視網膜上。

啪嘰！

這時，我聽見一旁傳來漏電般的聲響，回頭一看發現玉藻用驅邪幡的柄，擋住了其中一顆光球。

「好好好！乖孩子……回去回去……呼！」

玉藻對著光球說話——

一邊推動驅邪幡的兩端，把光球推了回去。

光球就這樣彈回亞莉亞的左胸。

「——呀！啊、啊！」

修女梅雅發出慌亂的聲音。

她也用劍擋住了光球，讓光球在劍身上滑動。

為了控制光球，梅雅的腳步左搖右擺。

「……嗯！」

接著像在打袋棍球般，揮動大劍將光球丟了回來。

光球在空中劃出平緩的弧形，朝亞莉亞飛來，但軌道稍稍偏移了。

「——喝！」

貞德瞬間衝了上來，把手上的劍當成球拍揮動，修正光球的軌道——同樣讓它回到亞莉亞的胸口。

（……這……到底是……！）

到底發生了什麼事。

我搞不清楚狀況。

一臉糊塗地環視周圍，看見剩下的光球——

往希爾達、卡羯・葛菈塞、哈比、諸葛、佩特拉的方向飛去。

剛才選擇「眷屬」的五人，各自接住了光球。

光球在他們手中漸漸失去光芒，變成了一顆極小如寶石的物體，安定了下來。

「那些殼也給你們吧，當作加入『眷屬』的獎賞。況且，我這麼做是為了讓父親大人的仇敵難堪，分給大家比我一個人拿著，還要更能惹惱他們吧？」

蝙蝠女希爾達，高傲地向佩特拉等人說完——

接著把自己手中光澤如紅寶石的光粒，收進胸口。

「呀哈哈……呀哈哈哈哈！」

哈比拋弄光粒，張嘴放入了口中。

隨後，她像野獸一樣四腳著地，朝濃霧的另一頭快速離去。

魔女卡羯・葛菈塞也一樣，

「梅雅，後會有期。」

一個冷笑說完，往濃霧深處跑走。

「這真是感謝。一個超乎預期的伴手禮。我馬上回藍幫城分析。」

藍幫的諸葛表情同樣很歡喜，從懷中取出細竹筒，收好光粒。

「哎呀，你要走了嗎？你要殺蕾姬的話，我可以幫你。因為她剛才打爛了我的頭。」

希爾達的金眼往上盯著蕾姬，同時說道。

蕾姬俯視希爾達，拿著狙擊槍不發一語。

「不了、不了。我是負責後援的，沒辦法用正攻法戰鬥。而且有句話說，君子不履險地嘛。」

諸葛的語氣沉穩，說話之際腳邊突然噴出煙幕。

他不知何時在腳邊擺了煙幕罐，就這樣混入其中消失不見。

「呵呵！希爾達，過去是透過我的介紹，你們父女才能加入伊・U的。這我就當作回禮，不客氣收下了。」

佩特拉說完，濃霧中颳起一陣沙暴，她的身影也跟著消失了。

「嗯——那我今晚也收手吧。」

希爾達看到其他的「眷屬」離開，也跟著……刷刷刷……

再次沉入了自己的影子中。

緋色的寶石彷彿是某種訊號，「眷屬」的人一拿到手就鳥獸散了……！

「等、等一下……！」

我摟著癱坐在地的亞莉亞，

一邊護著她，一邊舉起貝瑞塔瞄準希爾達。

可是……我無法開槍。因為我看不見勝算。

而且，希爾達腿上的眼睛圖案，已經沉入影子之中。

這傢伙受到蕾姬和貞德的攻擊卻若無其事，又在一瞬間令亞莉亞無法戰鬥，普通模式下的我贏得了她嗎？

贏了又怎麼樣？

我搞不清楚亞莉亞出了什麼事，倘若她現在受了致命傷，而且只有希爾達能治的話，開槍就不是最佳方案。

該怎麼辦，我該怎麼辦才好？

現在的我，不知道……！

「掰掰！下次再玩吧。」

希爾達轉動陽傘，彷彿在嘲笑束手無策的我，就這樣消失在影子中。

而那團影子也逐漸變淡，最後消失。

「……嗚……！」

看似敵人的傢伙消失後，我低頭看亞莉亞。

發現亞莉亞……

已經昏死了過去。

「……亞莉亞……！」

我聞聲轉頭，看見貞德把杜蘭朵收回鞘中，朝我和亞莉亞跑來。

「貞德……」

我沒打算責備她，現在不是起內訌的時候；可是我的語氣中，應該夾雜了些許的責備感吧。

玉藻也過來察看亞莉亞的臉色，她輕輕按住了我的胸口——

然後轉頭看貞德說：

「貞德，咱不會怪汝。咱早就料到小衝突多少會有；可是，誰也想不到這個小姑娘會跑來，還有希爾達居然會破解『殼金七星』。」

「她就是……『緋彈的亞莉亞』……對吧。」

貞德低著頭一臉懊悔時，梅雅把大劍收回背上，也走了過來。

「現在亞莉亞的狀況，妳怎麼看？梅雅。」
「她看起來……只是昏倒而已，沒有生命危險。」
「咱的看法也一樣，兩顆緋殼也能起作用。雖然封印會減弱，不過暫時沒問題吧。」
玉藻說完，狐狸耳抽動了一下，
「貞德，汝也去追他們。蕾姬已經先走一步了。咱聽得出來，他們往四面八方散開了……不過，運氣好的話或許能除掉一個。不過，要注意不要窮追。咱會用『驅鬼結界』加強守備。」
「是！」
貞德對外表比自己年幼許多的玉藻，恭敬地點頭回應後，
「遠山，我向你謝罪。亞莉亞的事情……你就問玉藻和梅雅吧。」
語畢，她轉身讓盔甲發出碰撞聲，抬頭看了歪斜風車的扇葉——蕾姬已經不見人影——隨後往空地島東側跑去。她的小船似乎停靠在那裡。
濃霧在不知不覺中逐漸消散，四周可見寬敞的土地。
放眼望去，周圍只剩閒置的探照燈和風力發電機，以及被壓爛的步行戰車。
而現場只剩下癱坐不動的亞莉亞、我、玉藻和梅雅四人。
其他人已消失無蹤。
（……）

我感覺……自己做了一場惡夢。

然而這不是夢，一切都是現實。

現在的我驚魂未定，傻在原地分不清楚狀況。

只能摟著昏迷的亞莉亞……！

2彈　變裝食堂

我揹著亞莉亞回學園島的男生宿舍，途中繃緊了神經，擔心「眷屬」的人會掉頭攻擊，不過——

「他們只不過是使者。而且咱早就在這一帶，放出式神警戒了。『眷屬』的人如果跑來這座長方形的浮島，式神就會立刻通知了，所以汝不用緊張。而且咱的耳朵告訴咱，他們已經從海空兩路離開了。呵呵！」

玉藻對我的不安一笑置之。

修女梅雅也一樣，剛才問完我的住處後，便獨自一人跑去超商購物，要我們先行回去。

我不懂那群怪物的行動模式，也不清楚那種S研方面的看法；不過，身旁的兩位都放鬆到這種地步了，八成不會有問題吧。

應該說，我除了如此思考外，沒有其他資訊可供判斷。

這麼一來……下一個令我擔心的就是亞莉亞的狀況。

我回到自己的房間，讓亞莉亞躺在沙發上。她體型嬌小，三人座的沙發椅剛好能容下她。

「……嗯……桃饅雪崩。」

這時亞莉亞說了夢話，嘴角還露出笑容。

的確，亞莉亞只是昏倒罷了……應該說，她只是睡得很沉。

她有打呼聲，而且脈搏也很正常。

「嗅嗅……這個家是怎麼回事？居然沒有神龕，這樣不夠虔誠喔，遠山家的。嗅嗅。」

玉藻不知為何，一踏入我宿舍便開始抱怨，同時鼻子嗅啊嗅地往廚房走去。

「這裡沒麥芽糖嗎？麥芽糖。」

她邊說邊從冰箱拿出一個布丁。布丁盒上，有麥克筆的筆跡寫著：「理子的」。

接著，玉藻嘴巴呢喃著「調羹、調羹、調羹」，順手拿了湯匙，一口、兩口──自顧自地……吃了起來。

搞什麼鬼啊。

「喔？這也挺好吃的呢，遠山。值得褒獎！」

玉藻連布丁封蓋也不放過，舔完後轉頭看我，臉上掛著天真無邪的笑容。

（理子等一下會生氣喔……話說回來，我們第一次見面，她卻跟我很熟一樣。）

我嘆了口氣後，玉藻打著赤腳，小跑步到我身旁說：

「嗯——汝就是這一代的遠山嗎，跟咱以前在那須野（註3）見過的遠山，是一個模子刻出來的，很難想像咱們是初次見面。雖然汝稍微陰沉沒用了點，不過無妨、無妨。好了，來吧！」

聽她說話的方式，似乎認識我的親戚。而且，她還一眼看穿了我的外號。接著，玉藻突然背對我，彷彿在炫耀背上如書包的木箱。

「……嗯？」

「來吧！今天咱也努力工作了。給咱『玉串料』（註4）吧。」

玉藻搖動背上的箱子，箱中發出了硬幣的碰撞聲。

到此，我終於明白了。

原來這是裝香油錢的箱子啊。

她一直揹著這種東西在走路嗎？

「玉串料……？」

看到我滿頭問號，

「來吧，快點！放進去、放進去！」

註3　那須野：今栃木縣那須郡，為日本傳說「白面金毛九尾狐」的中心地，玉藻一名亦是取自該傳說。

註4　玉串料：日本神道用語，相當於香油錢。

玉藻前彎身體，豎起尾巴說。

「……！」

——刷！

我看到她的姿勢，立刻往後退一步。

……這、這傢伙什麼都沒穿！

她的下襠只有一件短和服遮著，因為尾巴直豎的緣故，和服衣襬整個掀了起來。

「喂、喂！妳也穿一下吧！」

「……嗯？木屐不用穿吧，這裡是室內。」

「不、不是那個，我、我是叫妳穿內褲！不然妳好歹也在衣服上開個洞，讓尾巴有地方出來吧。」

「內褲？」

玉藻的尾巴扭成「？」形，轉身看我，「汝是指貼身衣物嗎？和服要穿也是穿湯文字（註5）吧，汝連這種事也不知道嗎？」她一邊說，一邊整理好和服。

我擦拭冷汗，好在玉藻是幼兒體型我才沒爆發，感謝上帝。話說，這傢伙好像也是一種神明。

註5　湯文字是一種纏在腰上的女用貼身衣物，一直到二戰結束前都有人穿著。

不過，我的視線還是暫時避開了玉藻——

走向「ㄇ」字排列的沙發椅，在沉睡的亞莉亞身旁坐下。

「在擔心亞莉亞嗎？遠山家的。」

「那還用說。」

我也很擔心妳下半身的穿著，這樣不會感冒嗎？

「不用擔心，她不會馬上變成緋緋神。」

「……緋緋神……？」

我皺眉說完，

「……原來，汝不知啊。嗯，這也無可厚非。畢竟遠山武士的人丁日益單薄。」

玉藻隨興地跪坐下來，又接著說：

「遠山家沒把知識傳承給汝的話，那只有讓咱來教汝了。咱是玉藻——白面金毛的天狐……就是汝等人類所說的怪物、妖怪。」

來了。

這次是妖怪嗎？

都有超能力者、魔女和吸血鬼了，再跑出妖怪也嚇不倒我吧。

「咱的母親是玉藻，祖母也是玉藻——吾等一族自古以來，一直在監視人類和色金之間的關係，防止有人惡用或濫用色金的能力。長年的歲月下來，吾等在世界上製造了許多友好和敵對的關係，一直到今日。現在這個小丫頭的心臟……接下來咱說的，汝可別告訴亞莉亞……她的心臟裡頭有色金。而且還是質量巨大的緋緋色金，史上罕見。」

「是……是啊，這件事情我和亞莉亞也知道。」

「色金能和人類相繫的方式，可分為兩種。一種是『法繫』，色金會給予人類力量，也就是汝等說的超能力。另一種是『心繫』，情感的相繫。質量過大的色金，不論法、心都會與人類過度相繫。特別是『心繫』，簡單來說色金和人心若相繫過深，人類的心靈便會和色金混融，最後被色金附身。」

這麼說來……

白雪和風雪在京都的星伽分社也曾提過。

──「色金這種金屬可以和人心相通」之類的。

「如果被色金附身……最後會怎麼樣？」

「會變成緋緋神。到時候，就必須痛下殺手。」

……！

「痛、痛下殺手？喂……！」

我慌張說完，玉藻的圓眼又往我看來。

「別慌。她不會馬上變成緋緋神。不過……要是真變了，汝就不要猶豫，立刻殺了她。咱看剛才的狀況，這小丫頭似乎很相信汝。不過，汝應該下得了手吧。汝不做的話，還是要有人來殺她。要咱來殺也行。」

「別這樣……別說什麼殺不殺的，那種事情——」

「即便這個世界興起干戈也無妨嗎？」

「干戈……？」

「緋緋色金是一種麻煩金屬，喜好戰爭和戀愛。他所附身的對象會化成緋緋神，展現出激烈的鬥爭心和戀慕心，最後會變成令人敬畏的存在。七百年前，曾經有人類變成緋緋神，蠱惑天皇，興起戰事……最後死在遠山武士和星伽巫女的手中。」

「……嗚！」

「都說了汝不必擔心。亞莉亞不會立刻變成緋緋神。」

「有什麼方法……可以阻止她變身？」

我依舊搞不懂狀況，問了一個粗淺的問題。

玉藻聽了，點頭回應：

「為了不讓悲劇再次發生，當時的巫女研究出一樣東西，就是『殼金』。這小丫頭的緋緋神，也有殼金覆蓋著。」

「『格金』……？」

「殼，彈殼的殼。她們想出利用一種特殊鍍金的殼，包覆住緋緋色金，如此一來，人類只能和緋緋色金『法繫』，無法『心繫』。這種金屬正好合了人類的意。殼只要七顆就能阻絕『心繫』，因此又稱『殼金七星』。只要殼還在，法繫就會平緩進行……維持此一狀態三年，就能完全阻絕心繫。」

三年……這個數字讓我想起在伊·U上的事情。

夏洛克似乎說過。

緋彈的繼承者要讓能力覺醒……至少要和緋彈朝夕相處**三年**。

這或許是為了讓玉藻所說的「法繫」完成吧。

「希爾達那廝，用法術解除了亞莉亞的殼金。咱沒想到她對緋金的研究已經如此之深。不過，她做得不夠順利，讓吾等有機會搶回七殼金中的兩顆。」

「只有兩顆……會怎麼樣？」

「這丫頭會慢慢被色金附身，終有一天會變成緋緋神。」

「……咦……！」

「別什麼事情都這麼驚慌，她暫時沒事。吾等只要趁這段時間，把殼金從『眷屬』手中奪回即可，反正都要與他們一戰。等咱們收集好七殼金，就能阻絕心繫，讓一切恢復原狀。」

「妳說的那個殼金……不能再做新的嗎？」

「只要收集大量的金剛石、藍寶石、紅寶石、綠寶石……等諸多材料，再集合巫女百餘人鍊成，便能製造出殼金吧。不過，新的殼金要和色金相容，必須花上一百年。所以，咱們無法趕在小丫頭變成緋緋神之前，重製五顆殼金來包覆色金。」

「那……兩顆殼金能撐多久？」

「不知道，沒人做過這種嘗試。不過，照咱的判斷……這是咱的猜測，大約能撐個幾年吧。短時間之內還不會出狀況。」

「……」

幾年……嗎？

要怎麼去看待幾年這個數字？

有這麼寬裕的時間，應該有辦法才是。

總之，亞莉亞現在不會有事……對吧。

「話說回來，緋緋色金的『心繫』已經一點一滴在進行。以後，小丫頭對戰鬥和戀愛，可能會變得直來直往，不太會去隱藏自己內心的想法，這是最初的症狀。不過汝不用慌張，好好應對她。明白嗎？」

戰鬥和……戀愛？

我思考了一下，看著沉睡的亞莉亞……點頭回應。

「嗯，我知道了。」

戰鬥方面，亞莉亞一直都是直來直往，所以沒什麼太大的改變。

而戀愛方面……這點也沒問題吧。

打從我倆認識開始，她總是把「我對戀愛沒興趣」掛在嘴邊。

她在開學時也說過：「什、什麼戀愛……無聊！」

之前跟白雪吵架時，她也說：「戀愛那種東西，只、只是在浪費時間而已，我不想談，也不打算談！」

然後又對蕾姬說過：「戀愛什麼的，那種東西……我——都、都無所謂！真的、真的、真——的都無所謂！是真的？」

她對戀愛，可是否定得相當徹底。

所以亞莉亞……不會有任何的改變吧。

我如此心想時，門鈴響了。

「是梅雅。」

玉藻彷彿能透視門外，開口說道。不過，我還是一手拿著貝瑞塔走到門邊……從鷹眼窺視門外，外頭的人果真是修女梅雅。

「……請問妳買了什麼啊？」

對方看起來像長輩，因此我客氣問道，同時伸手開門。

「啊！遠山。太好了，你的房間在這裡嗎？我能力不足，到處亂逛結果迷路了。呵呵！」

梅雅臉上掛著和藹笑容，走了進來。

總覺得她給人的感覺……跟剛才拿劍要砍魔女卡羯・葛菈塞的時候完全不同，現在的態度真溫和呢。這讓我聯想到某位巫女的雙重人格，心中有股說不出的恐懼。

那位巫女……應該說是白雪，今晚去參加水天宮的祭祀了。

說是明天中午前會回來……

（剛才如果有白雪幫忙，局勢可能會不大一樣吧……）

想到這，我看了剛才沒幫上什麼忙的梅雅，不經意地瞄到她手上的塑膠袋……嗚！這是什麼狀況。

袋子裡裝了大量的洋酒瓶。

她應該把整間便利商店都掃光了吧。袋中還有幾個甜味麵包。這是做什麼啊。

梅雅笑容可掬，面向臉頰抽搐的我開口。

「遠山，剛才那樣你還能全身而退，真是不簡單呢。你果然如傳聞所言，是一個了不起的聖騎士。」

接著，她穿上訪客用的拖鞋，雙手提著塑膠袋，啪嗒啪嗒地往客廳走去。

先不管她背上的大劍，總覺得……她現在散發出的氣氛，好像住宅區的年輕太太呢。

我也跟著回到客廳。梅雅在沙發旁，輕快地正座下來。

「玉藻，亞莉亞的狀況如何呢？」

接著，她沙沙沙地從袋中取出酒瓶，一邊看著亞莉亞說。

「她沒事。不過殼金的數量不足，必須趕快從『眷屬』那邊搶回來才行。」

「哎呀呀……咕嚕！」

啊！她直接喝了。那是法國的水果酒：Lejay Creme de Blueberry，是一種可拿來當雞尾酒底的烈酒。

玉藻也好，梅雅也罷，「師團」的成員每做完一個工作就要吃喝一頓嗎？

「不過，這讓遠山一個人來做負擔似乎太重了。吾等也想想辦法吧。梅雅，汝要盡快斬了卡羯．葛菈塞，搶回一顆殼金。她應該回德意志了吧。」

「好的。」

梅雅把烈酒當成白開水，一飲而盡後點頭說。

接著，她把空瓶放在矮桌上，伸手從塑膠袋中拿出一個豌豆麵包——大概是下酒用的——然後又拿出另一瓶酒。

（啊！那是……）

貝禮詩甜酒（Baileys Irish Cream），是一種高熱量、聞起來像砂糖糖果的烈酒（衛生科的我那霸老師曾在課堂上喝過）。

梅雅咕嚕咕嚕地喝光那瓶酒後，又拿出一瓶烈酒——波本威士忌的火雞（Wild Turkey），並用嘴巴扭開瓶蓋。

嗚嗚！我沒喝過酒，但這幅景象讓我光看就覺得不舒服。

「那、那個……妳這樣喝——」

對身體不好這幾個字還沒說出口……

梅雅就伸手打斷我。她的手上依舊戴著白色長手套。

她搖了搖頭，蓬鬆的瀏海隨之晃動。

「你想說的我明白，修女的確不能喝酒。」

「不、不是……我要說的是……」

「不過除了我之外，還有很多修女也是如此。我們是特例。I級超能力者是藉由削弱自己的身體來使用能力，所以戰鬥後必須大量攝取某種物質，否則就會喪命。糖分、蛋白質、維他命C，需要攝取的物質因人而異，我則是酒精。不過你放心，在義大利十六歲就能喝酒了，而且我的體質是千杯不倒。暴飲之罪實在難看，請你饒恕。也請主寬恕我、咕嚕咕嚕……呼哈！」

她才剛說請主寬恕，又馬上喝酒了。

哎呀！她……除了胸部比白雪巨大以外，其他地方都很纖細，高熱量的酒不管喝多少都沒問題吧。而且照我看來，她的確沒喝醉。

這種程度的超常現象，其實我也習慣了。之前，我曾經看過亞莉亞一口氣吃光桃饅，也經歷過蕾姬的超壺麵事件。說起來還真可悲啊，這種日常生活中，要是每件事情都大驚小怪，那我的心臟可受不了。這一點我已經學乖了。

在這充滿了烈酒甜香味的房間中——

我也嘆了口氣，坐回沙發上。

然後又開始擔心起亞莉亞的狀況，伸手量了她的額頭……嗯，沒有發燒……

「玉藻，那個魔女我一定會收拾她。我在宣戰會議上想讓雙方談和，結果失敗了，再這樣下去……我會在宗教審判上被控為異端，然後被逐出教門五馬分屍，最後被棄屍在和十字架無緣的墓地中……我會跟那、那群魔女，一起墮入地獄……！」

梅雅開始顫抖，然後撕開了下酒菜，紅豆麵包的袋子。

「起碼我要完成狩獵魔女的使命！而且我殲魔科的學分還不夠！」

……殲魔科……？

三年前，大哥曾到羅馬武偵高中短期留學過，所以我聽過那個科。我記得那是一個類似我校「超能力搜查研究科」的組織。

她、她是羅馬武偵高中的學生嗎？

真是如此的話，世界上不管哪所武偵高中都一樣呢，校內人士都是怪胎。

「……嗯，汝有幹勁是好事。如何，汝能拉攏加奈嗎？」

加奈。

聽見玉藻說出大哥的名字，我抬頭望向她。

「這……我不知道。因為學姐變得跟以前不太一樣了……」

「梅雅，妳認識加奈嗎？」

我插話說完，梅雅拿著伏特加對我微笑。

「是的，她是你姐姐對吧。」

……姐姐……

這、這邊就別說破吧，畢竟性別也是個人資料的一種。

我可不想亂講話，結果被大哥海扁一頓。

「我得向加奈學姐的弟弟，做一下自我介紹才行……我是梅雅．羅曼諾，今年十八歲。我的國籍是義大利，和我的母親一樣。父親是日本人，名字也可以……」

說到這，梅雅拿鋼筆在一長串的發票背後，寫下「明夜」兩字。

「寫成這樣喔。」（註6）

說完，她一臉得意地看著我。

……這邊我就稍微做出「嗯嗯，原來如此，真令我訝異」的表情吧。

梅雅對我的反應似乎很滿足，露出了向日葵般的笑容。

註6　日文中，梅雅和明夜都唸作meiya。

「我擔任梵蒂岡的除魔師，今年是羅馬武偵高中殲魔科的五年級生——啊，義大利的高中要讀五年，所以我不是留級喔。然後我在讀二年級的時候，曾經和強襲科的加奈學姐一同做過犯罪偵查的工作。或許是因為我們很合得來吧……那段時間我很快樂。」

「喔——」

我下意識認同了她的話。

的確，這種溫和型的人，跟加奈似乎很合得來。

「那個時候，我教她背誦過聖經，結果她很快就記住了……我還記得，當時我很驚訝她的天資竟是如此聰穎。」

原來如此。大哥留學歸國後，不時會背誦一段聖經的話語。這是因為梅雅的關係嗎？

「大……加奈她有一種特殊能力，只要讀過一次書，就能完全記住書本的內容。那是一種外掛，沒什麼好驚訝的。」

簡單來說，她是靠爆發模式的能力背下來的。

這樣太奸詐了，大哥。明明你就對我說過「不能濫用ＨＳＳ的能力來讀書」。

話說回來……原來大哥在我不知道的地方，有這等令人意外的人際關係啊。跟這些超人和怪人。

「對了，玉藻。妳剛才和佩特拉突然聊起來了，妳們認識嗎？」

我問。這時的玉藻剛好從梅雅的塑膠袋中，偷拿了一個奶油麵包。

「嗯？啊，嗯，佩特拉嗎？對，咱們以前見過面。」

玉藻跪坐好，把麵包拿到身後用尾巴藏住，同時回答說。

「上一次的大戰中咱是『眷屬』。那時候，咱和佩特拉的曾祖母是一掛的。咱教過她曾祖母日文，聽說之後她為了迎接下一次的大戰，也教了自己的子孫說日文。所以汝想想，佩特拉的日文有一點口音，不過說話方式跟咱很像吧？」

的確……佩特拉的說話方式也很古風。

這是因為她曾祖母的日文，是向玉藻學的。

「……上一次的大戰，是很久以前的事情嗎？佩特拉的曾祖母都出來了，妳今年到底幾歲啊？」

弗拉德和夏洛克也是如此，所以就算外表像小孩的玉藻說她今年一百歲，我也有自信不會感到訝異。

「咱嗎？咱是建仁二年生的，算一算也八〇八歲了。」

「嗄……？」

我驚訝到只能吐出這個字。

不、不可能。

這表示妳是十三世紀、鎌倉時代出生的嗎？

「話說回來，遠山家的，汝居然敢問女神的年紀。汝不夠虔誠！」

玉藻用小手拍打我的膝蓋。她不管怎麼看，都像一個小學生……

而且還是低年級的。

「既、既然這樣，妳把自己變成老婆婆不就好了。」

我移開膝蓋反駁。

「咱本是大狐狸，是靠法術變成這個模樣。變成人類在質量上，無法有太大的改變。咱要是變成老嫗，體型這麼小反而會被人懷疑，這樣就無法待在城區了吧。所以咱才變成童女。這種小事，汝應該不問自明才對！」

玉藻的回嘴讓人聽得一頭霧水，接著她不知從哪拿了一個驅邪幡，又敲了我的膝蓋。很痛耶！

「妳不想被懷疑的話，應該先把耳朵和尾巴弄不見吧。」

我說了一個相當正確的論點。

玉藻聽了臉頰頓時火紅，她似乎無法弄不見。

「這跟汝無關！」

我似乎觸怒她了。

「妳要變成小孩，那我也會把妳當成小孩來對待。如果我在外面對妳太尊敬，反而會起人疑竇啊。一個大男人對七歲女童太有禮貌，這在當今的日本就足夠讓人報警了。」

我把驅邪幡推回去，也不悅地回嘴說。

「區區一個新人……這一輩的遠山太臭屁了！聽好了，遠山家的。咱可是經歷過好幾次的『戰役』，也就是所謂的老手！舉凡戰鬥、活命、搶奪和保護的方式，我都非常地──經驗老到。所以汝要敬老尊賢！讓咱看看汝有多虔誠！」

說完，她轉身發出鏗鏘聲，四肢著地把香油錢的箱子向著我。

「捐錢！順便當作是賠罪！把汝的『虔誠』投入箱子裡吧。」

……說到底又是錢嗎？話說，妳別把屁股和尾巴對著我。

她實在太盧了，所以我原本想說投個一百塊日幣給她；可是，我不能寵壞**小孩子**。

於是，我從錢包掏出十元，希望今後能跟這傢伙離得遠遠的。（註7）

「好啦好啦，抱歉喔，老婆婆。」

說完便投了進去。

「哎呀！遠山今後一定會有好報的。」

梅雅在一旁看得直拍手。

註7　在日本，香油錢最好是投日幣五圓。因為五圓的諧音等於「有緣」，意指願望與你有緣。而十圓則是不好的金額，諧音相當於「遠緣」，有願望離你遠遠之意。

……總覺得我又好像莫名其妙被捲入了怪人之間的戰爭。

這兩人似乎是我為數不多的同伴。

不過看到這兩人的模樣，反而讓我更擔心自己的未來啊。

之後到了兩點左右，梅雅說要去搭往成田機場的末班公車；玉藻也說要去擴張結界，要我今晚不要離開這座浮島。就這樣，她們先後離開了。

麵包的袋子她們是收乾淨了……啊！不過空酒瓶還放在桌子上。

這明天再打掃吧，今天我也累了。

那些酒瓶都很別致，就當作是室內擺設的一種吧。

「呼……」

……「宣戰會議」的緊繃氣氛，多虧她們兩人的關係（還是應該說鬧場），完全緩和下來了。

不過，我依舊很擔心亞莉亞會遇襲，於是我拿了毛毯蓋住她嬌小的身體……

然後開著燈，像蕾姬一樣持槍坐在沙發上入睡。

之後，我托著腮幫子開始打盹——

這之間，我一直夢見亞莉亞變成吸血鬼在大鬧，無法好好入睡。

當我稍微睡沉一點時，時間已經是早上了。

就在麻雀的唧唧聲中，

「笨蛋金次！」

——啪！

「嗚哇？」

突然有人用穿著黑襪的小腳踢我的臉，使我醒了過來。

「亞……亞莉亞？」

妳清醒了嗎？

我揉眼望向亞莉亞。

「金、金、金次你……怎、怎麼回事？這是怎麼回事？為什麼、為什麼、為什麼？為什麼會這樣！」

亞莉亞的身上有穿制服，卻還是用毛毯遮著自己的身體，不停發抖。

她顫抖到看起來分裂成二到三個人。

不過……看到這一幕，我稍微鬆了口氣。

（——亞莉亞跟平常一模一樣……！）

這點我很清楚。

她踢了我臉又對我發脾氣，這樣雖然不應該；不過，她的舉止和說話方式都一如往常。

「亞莉亞，太好了，你——」

話才說到一半，她又和平常一樣打斷我說：

「為、為、為什麼我會和你——現、現在已經早上了！為什麼我們會孤男寡女共處一室！而、而且還整個晚上都這樣。」

轟隆隆隆！好，零點一秒。

急速紅臉的速度，也跟平常一樣。

（可是……為何她要臉紅？）

我皺眉不解，她卻慢慢滑步後退，然後像鬥牛士一樣把毛毯推了出來——

開始在自己的衣服中東摸西找。

這是……在做什麼……？

我才剛這麼想，她就伸手準備拔槍了！

「喂、喂！亞莉亞！妳不用全都跟平常一樣沒關係！」

「你……你對我做了什麼！說實話不准隱瞞，快從實招來！笨蛋金次真的是笨蛋！順序跳太多了！開洞！開洞二十連射！」

「喂、喂！妳冷靜點！妳的槍兩把加起來也才十六發子彈！話說，妳從剛才開始就在說什麼啊，昨天妳在空地島上——」

「昨天……空地島？　……？　……？我、我沒有記憶。」

亞莉亞說完，看見玻璃矮桌上成排的空酒瓶，突然驚訝地瞪大雙眼。

「金次……我、我完全不記得了……那些酒，還有這、這種手法，我在電影和連續劇中看過……！」

她指著大量的空酒瓶，似乎誤解了什麼——

突然惡狠狠瞪著我，把我當成了重大罪犯。

「喂、喂！什麼手法啊……」

「我以為你不會做這種事來，我、我太大意了……！這是花花公子慣用的伎倆……你、你對我出手了吧……？咦？好、好痛！」

啪！

亞莉亞注意到脖子有些不對勁，伸手按住被希爾達咬到的地方。

那個傷口幾乎沒流血，似乎已經癒合了，不過——

希爾達吸得很大力，在亞莉亞的頸部留下了唇形的瘀血痕。

「這！這！這該不會是！」

亞莉亞面紅耳赤，從頭頂冒出蒸氣——

啪嗒啪嗒！

接著像一輛失控的火車頭，急忙衝到了洗臉臺旁，

「——呀！」

並發出英國貴族不會有的悲鳴——

然後又咚咚咚地跑了回來。

恐怖的面孔，更勝於宣戰會議的任何一個怪物。

「你、你、你看你做了什麼好事！你這個色情狂金次！色龜金次！」

妳……妳這是怎麼回事啊！這次也一樣莫名其妙！

・亞莉亞和我共處一室到明天。

・亞莉亞沒有昨晚的記憶，然後桌上擺了好幾個空酒瓶。

・亞莉亞的脖子上，有一個唇形的瘀血。

為什麼我要因為這三件事情，被她這樣大吼啊！

「現、現、現在這樣……」

亞莉亞用顫抖的手，指著脖子上的唇印。

「現在這樣，**我今天沒辦法去學校了吧**！大白痴金次！」

為、為什麼啊！

那種程度的瘀血，怎麼會讓妳不能上學啊？

「——你要種的話，起碼也要瞻前顧後一下吧！色情白痴金次（Ero Baka Kinji）！EBK！」

亞莉亞淚眼婆娑，小腳不停蹬地。她這怒氣沖沖的模樣，讓我也快哭了。

我有問題！我到底要瞻前顧後什麼，再種什麼才好啊！

我還沒來得及舉手發問——這點也跟平常一樣——亞莉亞就踩著沙發，翻動裙子騰空躍起，

「開洞飛彈踢！」

雙腳像飛彈一樣，灌入我的臉部。

之後亞莉亞不知為何，光是看到我都覺得害臊，所以就把自己關在房裡。

上學時間到了，她也沒有出來。

看來她今天真的想請假。

昨天才剛出過事，我也不想離開亞莉亞身邊，不過玉藻說「眷屬」已經從海空兩路離開了（大概是坐船和飛機）。

再加上，玉藻還布下了式神……照我自己的解釋，那是一種兼具雷達和警報功能的防禦網。

而且，亞莉亞還能夠瞬間扳倒步行戰車LOO，普通模式下的我在她身邊……反而會礙手礙腳吧。

在這諸多的條件下，我決定獨自上學。

「那我先走囉。妳刀槍不要離身，預備彈匣也要裝滿子彈。」

臨走前，我不忘對亞莉亞的房門吩咐說。

隨後，

「……奇怪……我什麼時候開槍的……咦……？」

小房間內，傳出亞莉亞數子彈的自言自語。

她果真沒有昨晚的記憶。

我在強襲科的時候常會遇見這種狀況，人類在突然昏倒的情況下，常會失去事發前後的記憶。

「還有……有一個可信的情報來源告訴我，妳被伊・U的殘黨盯上了，他們還成群結黨。上次的昭昭姐妹跟他們也是一掛的。妳千萬要小心啊。」

因為玉藻有交代，所以我避開了色金的事情，提醒亞莉亞說完。

「一直以來都是這樣吧。你、你快點去學校啦！」

亞莉亞像要趕我走似的，用娃娃聲回應說。

我帶著焦慮不安的心情，上了英文、化學、漢文等一般科目的課後——

到了第四堂課，三個班級聯合舉行的班會（ＬＨＲ）開始之前，亞莉亞終於到校了。

仔細一看，她的脖子貼著ＯＫ繃呢。那kitty圖案的ＯＫ繃，是理子帶到我房間的東西。

這段時間，亞莉亞似乎在等瘀血自然消退，直到能用ＯＫ繃遮掩才來上學。

她一看到我就面紅耳赤，咚一聲坐到我旁邊的位置上——

相當刻意不看我這邊。

不過，要說她在生氣……倒不如說她是在害羞。

如果她在生氣的話，我應該會聽見小獅子的低吼聲才對。而且她不時會瞄我一眼，然後又逕自臉紅，轉頭不理我。

我不明白這些舉動有何用意，決定暫時先不理她。

（嗯……要繼續告訴她昨晚的事情嗎……）

隨著全班往聯合班會的舉行地點：體育館移動時，我一邊在思考這個問題。

亞莉亞沒有昨晚的記憶。

如果我直接告訴她昨天發生的事情……她也不會相信吧。況且，她現在不知為何一直在提防我。

既然如此，與其我單獨解釋，倒不如把貞德和蕾姬也拖下水，大夥一起來決定今後的方針才是上策。俗話也說三人成眾嘛。此外，玉藻還交代：「白雪那裡咱會找機會和她說，遠山先別告訴她。」這也是為了防止白雪告訴亞莉亞吧。

還有，把「師團」或「眷屬」的事情告訴亞莉亞，還會有另一層危險性。

昨天也是，亞莉亞一見到伊·U的殘黨，就會不顧一切地發動攻勢。

就算法庭的審判有勝算，那群傢伙都是陷害亞莉亞母親的惡徒。

這種情況下，如果把昨晚的事情告訴亞莉亞，她搞不好會說要到希爾達的巢穴去逮捕她（這是我的想像，希爾達大概在羅馬尼亞有城堡之類的）。

（嗯，她的心情我明白啦……）

不過，那是非常危險的事情。

——首先，武偵的戰鬥如果深入敵陣，就會出現壓倒性的劣勢。

這句話憑感覺就能立刻明白。

擁有主場優勢的一方，能確實掌握追逼敵人的方向、撤退地點、武器彈藥和糧食水源的所在地，戰鬥起來會比較輕鬆。當然，若是採取遠征，通信科、車輛科和衛生科的後援優勢也會削弱。

——再者，敵人的戰力目前還不明。

一位陸上自衛隊的講師曾說過，陸戰有「攻方三倍定律」。

簡單來說，想攻入敵陣取得勝利，兵力至少要是守方的三倍。採取攻勢的一方，就是需要如此龐大的資源。

所以除了早上對亞莉亞的警告之外，我暫時先不要多說——

（暫時，看一下情況吧……）

哎呀……這種事情由我來傷腦筋也滿奇怪的……

不過上個月，我被趕鴨子上架，成了巴斯克維爾小隊的隊長。

事後我才知道，小隊隊長必須要修「戰略Ｉ」這門課，而我也很認真地去上了課。因為學分還頗好拿的。

不知是利是弊，我也因此養成了思考事物的習慣。

「你們這群小鬼！這次的文化祭有『變裝食堂』的活動，現在要決定你們當天的穿著。」

磅！

強襲科教官：蘭豹朝天花板鳴槍要吵鬧的學生安靜，一邊喊道。

體育館內聚集了2年Ａ、Ｂ、Ｃ班的學生……但Ｂ班不見貞德的身影，看來她似乎缺席了。

她的電話也打不通，可能在追蹤「眷屬」的人，想避免被竊聽吧。

「很好！分成各隊伍站好，等候命令……咳咳咳！」

尋問科的教官綴說完後，同隊的成員開始聚集在一塊，隊伍中則少了D班、E班，以及不常現身的X班同學的身影。

該死的綴，既然會嗆到就不要在體育館抽菸啦。

我皺眉心想。這時，同是A班的亞莉亞和理子，以及B班的白雪和C班的蕾姬都集合到我身旁來。

「……」

昨晚在空地島的事情，讓我不動聲色地望向蕾姬。

「……」

蕾姬還是一樣，沒有任何反應。

她總是戴著耳機在發呆。

（嗯，現在也不適合談那件事。等貞德回來再說吧。）

話說……那個耳機。

那個風大人，該不會又要她來狙擊我吧？

我如此心想，冷不防拿下她頭上的耳機，戴起來想聽聲音時——

蕾姬喀嚓一聲調了耳機的線控，一陣有如空襲警報的喧鬧樂器聲，貫入了我的耳朵。音樂是超凡樂團的「Fire Starter」。

這、這是做什麼？有什麼含意嗎？喂、喂！不要調高音量，好吵啊。

臭蕾姬。讓我聽這種像警報聲的東西。因為我拿掉耳機，所以妳在生氣嗎？

蕾姬面朝亞莉亞沒有看我，所以我不知道她現在的表情。

「小金，抽籤的箱子來囉。」

「喔、喔喔！」

當我注意到時，白雪已經站在我身旁開口說。於是我回過神來，把耳機套回蕾姬的頭上。

來體育館幫忙的一年級生，拿著一個開洞的箱子走了過來。武偵高的文化祭中，二年級一部分的學生要負責「變裝食堂」的活動，所以我們要抽籤，決定當天穿著的**服裝**。

（這個抽籤也是一種賭命啊……）

變裝食堂的性質，就像普通高中的變裝咖啡廳；不過，本校是不正常武偵高中。學生依規定，必須確實扮演好所變裝的職業，行為舉止也不可馬虎。

絕不允許有**半吊子**的變裝。

站在武偵高中的角度來看，這是向大眾宣傳學生潛入搜查技術的好機會，要是不認真變裝，眾星雲集的教務科就會用很可怕、很可怕的方式修理我們。

換句話說，這是攸關生死的重要抽籤。

「來吧、來吧！師父，請抽籤。這邊是男生的籤箱。」

啊！拿箱子的不是風魔嗎？我到現在才注意到。

在別人面前，妳不要叫我師父啦。小心我用薩克遜劍海K妳一頓。

「還有，依規定每人可重抽一次。那麼，祝您武運昌隆。」

風魔仰望著我，不知為何笑容滿面。我不發一語把手伸入箱中，翻攪著四折籤紙。

（……來支好籤吧……！）

就算祈禱也不一定會有好籤就是了。

嗯——箱底的籤或許可以期待喔。

會在箱底的，大概是最先寫好放入的服裝吧。

籤是誰做的我不知道；不過，一開始應該不會寫一些沒常識的服裝吧。

附帶一提，「女裝」是下下籤的一種。

要是抽到女裝，我就當場舉槍自盡吧。

與其死在老師的私刑下，我還寧願自我了斷。

「如……如何……？」

我戰戰兢兢地打開抽到的籤紙。

上頭寫著「神官」。

不行、不行。這個職業的禮法，感覺不太好學。

一旁的白雪偷看了我的籤紙，隨即一臉陶醉地說：「小金跟我果然是命中注定的一對。」我無視於她，開口表示要重抽，然後又把手伸入箱中。

「重抽的話第一次的籤會作廢，第二次的籤會直接變成指定服裝。」

這點我很清楚，所以我抱著必死的覺悟抽了第二張籤……上頭是「警官（警視廳巡察）」。

太好了。這我應該有辦法。警官到處都有，也很容易觀察他們的舉止。

我鬆了一口氣，直接坐了下來。這樣一來，事情落幕了。

向周遭一看，有好幾個一年級生拿著箱子在走動……體育館中處處可聽見抽完籤的男女生們口中發出的歡喜和嗚咽。

「師父，貞德殿下本日缺席。不過，學姐有事先指定師父當抽籤代理人喔。忍！」

風魔說完，把女用籤箱拿到我面前，於是我連貞德的籤也抽了。

「服務生（@Home Cafeteria）」。

……沒看過的店名，不過沒差吧。

應該說與我無關，反正是別人的籤。

「下一個是理子，我要抽囉！」

理子穿著輕飄飄制服，舉止從容地抽了一張籤。

妳真好啊，擅長變裝。

話說，這傢伙好像從上個月就知道宣戰會議的事情，我可以把昨晚的事情告訴她嗎？玉藻沒有指示，所以我也不知該不該說……

我看著理子心想，結果理子抽的第一張籤是「小偷（漫畫《貓眼》風）」。

嗚哇！這是什麼籤運啊。小偷耶，妳連變都不用變。

妳乾脆去當職業賭徒算了。

正當我一臉驚訝時，

「咦……這樣COS就沒意思了！」

丟！

理子把那張籤紙，隨後往後一扔。

喂、喂！你要把它丟掉嗎？

接著，理子抽的第二張籤是「槍手（西部拓荒時代）」。

「喔！我要扮、我要扮！」她本人欣喜地說。不過，女用籤箱怎麼會有「man」（註8）結尾的職業啊。這抽籤真的是大意不得啊。

接著是白雪。

第一次她抽到「旗袍」，覺得身體曲線過於暴露而作罷。

我稍微想像了一下……

註8　槍手的日文是Gunman，剛好是man結尾。

沒、沒錯，還是不要吧。她穿上旗袍，雙峰的曲線會清楚浮現，而且裙襬上的開衩，會讓豐滿的白皙大腿外露到腰部。

我要是看見可能會因此爆發，害變裝食堂陷入一片混亂。

「太好了，這個我應該可以……」

白雪抽到的第二張籤是「教師（小學到高中任選）」。嗯，這個的話我允許。

「……」

蕾姬一語不發，伸手抽的第一張籤是「法師」。

巴斯克維爾的隊員在一旁全體無言。蕾姬看著眼前來幫忙的一年級女生陸奧，一個字也沒說就抽了第二張。

周圍的氣氛似乎不容許我們吐槽，因此沒人開口說話。

而第二張籤則是「化學研究所職員」。

嗯……這還不錯吧，看起來不太需要開口說話。

「吸！呼！」

正在深呼吸的人，是最不擅長變裝的亞莉亞。

已經脫離險境的白雪和理子，嘻皮笑臉地看著亞莉亞抽籤。她伸手抽籤，表情像在拆未爆彈一樣……然後像在抽雷管似地，輕輕把手抽出。

亞莉亞，抽籤運跟拚不拚命沒關係喔。不過我也沒資格說別人就是了。

接著她咕嚕嚥唾，打開籤紙。

上頭寫著——

「偶像」。

「偶、偶、偶像……就、就是日本的電視上出現的，那些做作女……嗎？」

亞莉亞顫抖看著籤紙，立刻就淚眼汪汪。

「嗯、嗯嗯！」白雪背脊微弓，點頭回應，嘴角還露出了酒窩。酒窩意味著她正在憋笑。

理子像貓咪一樣歪著嘴——這也是憋笑時才有的嘴形——不禁噗哧一笑。啊！妳流口水了，沒必要憋成這樣吧。

我也試著想像，把亞莉亞放入ＡＫＢ48（註9）之中……

噗……噗噗……不、不行，不能笑。

還不能笑，要忍耐！笑了會被她射殺啊！

話說不管再怎麼掩飾，亞莉亞在ＡＫＢ48裡頭，看起來都像童星吧。跟正牌的偶像差遠了。

我的腦中更進一步地浮現出一個ＤＶＤ包裝，標題很遺憾地寫著：

註9　ＡＫＢ48是相當於早安少女組的知名少女團體，以人數眾多聞名。

「亞莉亞小妹妹　8歲」
「噗……咳咳！」
我瞬間笑了出來，不過立刻用一陣假咳嗽來掩飾。
沒……沒穿幫吧……？我小心翼翼地窺探亞莉亞的表情。
亞莉亞似乎在想像自己拿著麥克風，開口對觀眾說「各位！有沒有很HIGH啊？」的模樣。不過，這種想像對她而言似乎超頻了，只見她的臉蛋像發燒、又像電熱水器一樣泛紅，沒注意到我笑出聲來。太好了，撿回了一條命。
滴……滴答滴答……！
亞莉亞有如漫畫人物，額頭滴下大量的汗珠。
最後，語氣像一個被迫做出不得已選擇的軍人，
「我、我要重、重抽……！」
接著，舉起了拱成鉤爪的右手。
「神、神崎殿下……那下一張籤就定生死了……！」
亞莉亞足以殺死小鳥的凶狠目光，讓風魔微妙地退了一步。
咚！
亞莉亞使勁把手刺入箱中，彷彿要把風魔的腕關節給震斷似的。她的第二張籤會是什麼呢？

亞莉亞的小手，慢動作打開手上的籤。

籤紙上頭，

寫著……

「小學生」。

這三個字。

小——

小學生！

這次真的是「亞莉亞小妹妹　8歲」了。

亞、亞莉亞啊，妳這個人實在是……！

運氣太差了吧。賭博之類的東西，妳這輩子千萬別碰啊。

「太棒了——！太棒了，亞莉亞！這個角色在某種意義上，實在太適合妳了！呀哈哈哈哈哈！」

理子發出驚呼，倒在亞莉亞的腳邊打滾，捧腹爆笑。而亞莉亞看見「小學生」三個字的瞬間，就像時間停止了一樣僵硬不動。

白雪似乎也忍不住了，像下跪一樣趴在地上「笑不成聲」，一邊用手拍打地板。

亞莉亞倒楣的程度雖令我目瞪口呆，但我的腦中也不小心，真的是不小心地閃過一個目光銳利的小學生，背著紅色書包、口中叼著棒棒糖的畫面。

「哈——」

當我剛要大笑時，旋即感受到亞莉亞爆炸般的殺氣。

我的腦內，再次閃過剛才的亢奮歌曲「Fire Starter」。

刷！

亞莉亞的手伸到兩旁，從裙中拔出手槍了！

慘、慘了！早上不應該叫她把子彈裝滿的！

「剛才的不算！不算不算不算不——算！妳先去死吧！」

亞莉亞把雙槍對準風魔，我和理子從她兩旁撲了過去。

「住手！亞莉亞，不要開槍！現在蘭豹也在！我們也會被連坐處罰！」

「妳死心吧，**亞莉亞小妹妹**！理子會幫妳做衣服的！呀哈哈哈！」

「誰是亞莉亞小妹妹！開洞！開洞流星群！開洞大爆炸！」

這次是天體系列嗎？種類還真多啊，開洞系列。

如此心想的我，努力不讓亞莉亞傷害風魔。再怎麼樣，她都是我的學妹兼徒友（註10）嘛。這時的風魔已經撒了鐵菱，哭著逃走了。

就算一開始鎖定的目標逃走了，亞莉亞還是不停大鬧，活像一個任性的小孩。是

註10　徒友（amiko，也寫做戰兄弟）和戰妹（amika，也寫做戰姐妹）是本作的特殊設定，武偵高中到了二年級必須要和一年級的學生組隊，指導對方一年。詳情可參閱《緋彈的亞莉亞AA》。

妳自己抽到爛籤的，就死了這條心吧。妳的舉動實在太幼稚了。

理子說的沒錯，在某種意義上，小學生還滿適合她的。

「去死！去死！去死、去死、去死、去死、大家都去死！只要看到的人全都死光，這件事情就等於沒發生過！嗚呀！」

這時，白雪從背後鎖住亞莉亞；我和理子拚死按住雙槍；蕾姬則神不知、鬼不覺地跑到體育館外，躲在防彈門後露出半張臉盯著這裡。蕾姬妳早知道會變成這樣的話，應該在事前警告我們一聲吧！

抽籤過後，武偵高中暫時縮短了上課時數，以準備接下來的文化祭。

之後……除了亞莉亞在體育館，連續吃了蘭豹三十個原爆式固定摔，直到她說「我要扮小學生」為止以外，沒有其他人受害。

不僅是敵人──「眷屬」的人不見蹤影，連貞德、玉藻和梅雅等「師團」的人物也消失了。

亞莉亞身旁參加過宣戰會議的大使，只剩下蕾姬和我而已。

那群傢伙不知道在策劃什麼，這點讓我覺得毛骨悚然，不過日子既然過得安全無憂，我也……無從採取對策，也無事可做。因為安全本身就是一件好事。

而關於我的安全方面，還有另一件值得慶幸的事情……

我隱約感覺到，亞莉亞最近的心情似乎很好。

自從上個月我送她戒指後，她就一直維持著好心情，而在「脖子瘀血痕」事件過後，她對我的開槍次數又減少了許多。

同時，亞莉亞找白雪和理子打架的次數，似乎也減少了。這與其說是……她們感情變好了，倒不如說是因為她多了一份從容。而且感覺上，亞莉亞跟她們說話的態度，也比過去高傲了些。

我原本以為是殼金的減少，導致她荷爾蒙失調所致。不過，我之前送亞莉亞戒指當生日禮物後，這些現象也曾出現過一段時間，所以這跟殼金無關吧。

女生這種生物，真叫人……難以捉摸啊。

——幾天前抽籤決定的角色，學生照規定要自行準備服裝。

服裝準備的截止日期，比文化祭還要早上許多……

未在限制時間內完成者，將會品嘗到武偵高中的名產，由強襲科蘭豹的折磨、尋問科綴的拷問、衛生科我那霸的人體實驗所構成的「全套體罰餐」。

這真的攸關性命，大家說什麼都會遵守期限。

因此在截止日的前一晚，大家都會聚集在教室，熬夜完成服裝。這已經成了武偵高中的傳統活動之一。

而熬夜製作將在今晚舉行。

晚上九點，我拿著裝有警官制服的紙袋走入教室，室內有五、六組小隊的人正在做衣服邊閒聊。

課桌椅已經挪到了教室後方，各隊伍坐在自備的野餐墊上工作。

當中有人穿著已接近完成的服裝，感覺就像變裝派對。

還有人帶了小喇叭在放音樂。

仔細一看，白雪、蕾姬和艾馬基就坐在教室的角落。艾馬基最近因為軟體銀行的廣告（註11），人氣指數也跟著提高了。

（……？）

話說回來，牆邊用屏風隔起來的區域，是做什麼用的？

我正想窺探屏風後方時，裡頭傳出衣服窸窸窣窣的摩擦聲，

「嘿！早川妳喜歡什麼類型的男生啊？」

「我嗎？這個嘛——稍微有點陰沉的男生吧。」

「我們班上有誰是那種人啊？妳快說嘛！」

以及女生的談話聲。我以相當於爆發模式的瞬間爆發力，立刻後跳遠離。

這是……更衣區嗎！

註11　軟體銀行的廣告主角是一隻白色的狗，在日本推出後大獲好評。有興趣可至YouTube搜尋「softbank cm」。

我可以透過屏風底下的空隙，看見裙子掉在地上。

妳們……這群毫無羞恥心的武偵婆娘！

我知道從制服換成指定服裝需要空間，但也不要在教室設臨時更衣室吧。一群怕麻煩的懶人。

從四周的喧鬧來推測，或許是因為晚上聚集在教室的關係，大家都還滿亢奮的。這種時候，我必須多加小心女性之間的對話。

「金次，你那邊是最好的位置耶。」

我正在擦冷汗時，武藤搭了我的肩膀說。他變裝成了消防隊員。

「從這邊，這個角度只要集中視線，就可以隱約看見女生的剪影。保持集中力！這樣一來，你就能享受一場剪影秀了。」

武藤對我竊竊私語，一邊想繞到屏風區的後方。

「我、我對那種東西沒興趣，你讓我做事情啦。」

我甩開了他，躲到巴斯克維爾小隊的地方去。

話說，剪影秀是什麼鬼東西啊。

你的集中力應該用在其他地方吧，像是讀書之類的。上次的現代文考試，你不及格對吧。

「啊！小金，衣服做得如何呢？」

白雪穿著白襯衫和深藍色的膝上緊身裙，變裝成了女教師——

她見到我來，便慌忙收拾身邊的物品，騰出空間讓我坐。

不論口吻……還是感覺，都像一個老師呢。看來她很專注地在扮演自己的角色。

教務科先前曾下達指示：「學生於教室內換上『變裝食堂』的服裝後，最少要練習一個鐘頭，熟悉該角色的舉止。」白雪真不愧是優等生，乖乖遵守老師的吩咐。

「幾乎做好了。待會妳幫我看看有沒有不協調的地方。」

「好的。呵呵……我有點期待呢，小金扮警察的樣子。」

白雪戴著黑框眼鏡，笑咪咪地仰望著我。老師的打扮真適合她啊。

她的體型本來就比較成熟，現在這樣宛如正牌的新手教師。

她身上還散發著母性的光輝，感覺比較像小學老師。

（她這個樣子……如果亞莉亞和理子來了，這邊真的會像小學一樣呢。）

我同時瞄了一旁的平賀同學一眼——因為她也像小學生——坐了下來。平賀同學小小一隻，在後勤隊伍「精英ＧＡ」的墊子上正座，一針一針地在縫有亮粉的布料。

接著，我從紙袋中拿出警官的服裝……其實這件衣服，我幾乎是買現成的。

附帶一提，學校並不推薦學生購買現成品；不過，這不算違反規定，所以私下購買的情況十分常見。因為像白雪一樣，會用布料做衣服的人算是少數派。

而專門負責製造和販賣衣服的，是特殊搜查研究科（ＣＶＲ）的女同學。

她們常用「色誘」的方式接近犯罪組織，所以平常會學習如何靠服裝誘惑異性。畢竟，男性多少會有一、兩種特別喜好的女性服裝。

因此，她們能輕鬆做出任何衣服。其中有人會女扮男裝，所以也接受男裝的訂製。

我不想直接和那群美女軍團交涉，於是傳了郵件，像郵購一樣訂了衣服……不過因為這個節骨眼的關係，CVR那群女壞蛋就**漫天喊價**。

可是，正因為衣服貴，所以外觀也很逼真。以雛型來說，這套衣服已經沒問題了。

不過，教務科發出的講義上，對「變裝食堂」的服裝另有要求：「缺少髒汙、皺摺等真實感的衣物，不予批准」。

不予批准就會被體罰，於是我做了一些細微的改造，把全新的警察制服弄皺，增添老舊感，然後刻意把階級章往下扯，弄大別針的洞。

「小、小金，我扮成老師的樣子……你覺得如何？有沒有什麼奇怪的地方？」

白雪剛才拿銼刀在輕磨點名簿的邊角，現在朝著我正座問道。

於是乎，我刻意不看她堅挺突出的巨大雙峰，

「很適合妳，像小學的老師一樣。」

一邊側視著她，隨口說完──

白雪便露出色咪咪的笑容……冷不防像磕頭一樣趴下，似乎想藏住自己的表情。

然後說著「遠山同學，不行啊……我們是師生關係……可是，如果你想跨線……然後

不跟別人說的話，我、我沒關係喔……？」之類的自言自語。

妳一個人在說什麼跨線不跨線的啊，星伽老師。莫名其妙。

話說妳在演老師的時候，明明就有辦法叫我「遠山同學」。

開學典禮那天早上我也說過了，妳也差不多別再叫我「小金」啦。

（話說回來……）

做衣服這種事情，我很快就膩了。

我不擅長單純的工作。

開始分心的我──

（這麼說來，蕾姬狙擊監禁我的那次之後，我就沒有在晚上來過學校了。）

工作的同時，看著蕾姬的方向心想。

「……」

蕾姬要扮演「研究所職員」。她在水手服上披了一件白衣，正座在地，一針一線地在縫蔥綠色的襯衫。

從我進來開始，她都維持一樣的姿勢，連一公釐也沒動過。

「……」

蕾姬這類型的人，對單純的工作完全不會膩呢。她會平穩地、長時間地完成別人交代的事物。這種能力，真希望妳分一點給我啊。

——我稍微拿起襯衫的衣袖，觀察她的成果……嗚喔！

這縫線，就像用工業縫紉機做出來的一樣精密。

讓蕾姬做這種工作，便能看出她的性格。

因為蕾姬身為狙擊手時，做事也十分細膩。她防止啞彈的方式相當執拗，而且討厭槍枝走火，為此她還改造了德拉古諾夫，讓上了膛的子彈可以退回彈匣中。

蕾姬就是這種完美主義者。她還在膝蓋前方擺了一副無框的裝飾眼鏡，大概是想讓自己多像研究員幾分吧。

我把眼鏡拿起，輕輕掛在蕾姬的臉上……她還是一樣動也不動。

妳也稍微有個反應吧。

我才剛這麼想，她便上轉眼珠子，從眼鏡的縫隙看著我。

嗚！

這招是……眼鏡控武藤之前說過的「眼鏡下挪，眼珠上轉」的具體表現。他說這招的破壞力不是蓋的，我稍微懂他的意思了。

這是為什麼呢，我隱約感覺到自己有爆發的徵兆。

這眼鏡和蕾姬搭配，會變成一種危險的道具，還是把它拿掉吧。

星伽老師也有戴眼鏡，貞德也偶爾會配戴。這兩人的眼鏡，我今後也要特別注意才是。

呼……沒想到眼鏡會這麼危險。對我而言，世界上的危險物品還真多啊。

如此這般之際，「大家早啊！」變裝成槍手的理子，來到了教室。

為啥要說早安？現在都晚上十點了。

雖然很納悶，不過如果跑去問她為什麼，就等於在問黑猩猩說你為什麼要叫一樣，根本沒有意義。所以我決定不多問，反正那一定也是網路用語之類的吧。

看上去，理子的服裝已經完成了。

她戴著牛仔帽，穿著一件厚質料的米色襯衫，並把衣襬綁在胸下露出肚臍。皮製背心和靴子，她也沒有少。下半身的迷你裙是丹寧布材質，裙襬垂滿了如短麵條的皮革線。這服裝真是細緻啊。

話說，妳連手槍都換成了古董級的左輪手槍，那樣的裝備沒問題嗎？

我的擔心先不管，只見理子站在教室門前滿臉微笑，

「好了，快點！絕對會受歡迎的！可愛就是正義啊！」

一邊拉著門後某人的手說。

「～～～～～！」

該人物發出超越人類可聽音域的尖叫聲，在理子的拉扯下……露出了腳來。

那雙腳穿著鮮紅色的扣帶鞋……配上粉紅和白色相間的條紋襪，襪子上端還有輕

飄飄的白色荷葉邊。

這種將服裝分割記憶的技巧，稱為「服裝分析」，是我在偵探科養成的習慣。

我這麼做絕無惡意，就讓我觀察一下吧，**小學生妹妹**啊。

「還、還、還、還是算了！我～～～～不～～～～要～～～～！」

上半身被迫換上胸口有大鈕子裝飾的童裝襯衫（衣襬同樣有大片摺邊），下半身被套上相當迷你的粉紅裙，**亞莉亞**拚死抵抗理子，腕關節看似快脫臼一樣。

她的胸部少了平常會穿的集中托高胸罩，是不折不扣的A——不對，是AA罩杯。這個部分以小學生來說，倣真度相當高啊。

亞莉亞小妹妹（8歲）的全身模樣終於明朗化，該有的紅色小學生書包也沒少。書包的左方，還有一個袋子可放高音直笛。

這身服裝如此講究，大概是理子做的吧。

為了避免自己被開洞，我預先花了一個禮拜的時間，想像亞莉亞變裝成小學生的模樣，以讓自己能夠忍住笑意。不過，如果我再繼續看她掙扎的模樣，搞不好會忍不住大笑出來，於是我開口說：

「亞莉亞，妳死心吧，還是先把衣服再做細緻一點，否則等一下會被蘭豹騎摩托車在市區拖行一圈喔，穿著那身衣服。嗚呼！」

說到最後，我差點自爆，稍微笑出聲來。不過，我用事先練習過的方法，用手摀住嘴巴假裝在咳嗽，蒙混了過去。

我一本正經說完，亞莉亞的頭上彷彿電線短路似地，冒出了蒸氣，同時低著頭——

像先前使醉拳的猛妹一樣，搖搖晃晃地走到我身旁，盤腿坐下。

亞莉亞坐在我身旁後——

我感覺一旁的白雪，似乎目露凶光地在瞪著她。於是我瞄了白雪一眼……她笑吟吟的溫和表情，還是一如往常。

看、看來是我的眼睛太疲憊，產生了錯覺。這是因為細膩的工作做太多的關係吧。

我揉著眼睛，看著亞莉亞，發現她的書包右側有一個名牌，寫著：「4年2班　神崎亞莉亞」。這個小四的設定，再度點中我的笑穴，於是我再次假咳，

「嗯……秋天一到，空氣就開始變乾燥了。我好像有點感冒了。」

接著用強忍笑意的顫抖聲，事先告知我有點感冒。

亞莉亞早就羞紅了臉，露出「敢笑我就開洞！」的表情抬頭瞪著我。

她甚至鼓起了腮幫子，這樣更像正牌的小學生了。

「嘿！亞莉亞小妹妹！縫東西的箱箱在這裡喔！亞莉亞小妹妹！」

咚！

理子一個輕跳，跪坐了下來。接著拿了白雪的裁縫箱，隨手放在亞莉亞的腳上。

亞莉亞強忍著，雙手緊緊抓住自己的裙子。

她似乎很不甘心呢。

「妳……我看妳只是想要把『亞莉亞小妹妹』掛在嘴上而已……嗚！」

亞莉亞用低沉凶惡的聲音說到一半——

白雪露出極度溫和的微笑，用食指戳了她的額頭。

「這樣不行喔，亞莉亞小妹妹。小學生怎麼可以用這種語氣說話呢？」

教務科要我們進入教室後，要詮釋角色一個小時，白雪是在指這個吧。

「……嗚……！」

「好，那剛才人家借妳東西，妳要說謝謝吧？」

仔細一看，白雪老師妳是不是用指甲戳刺亞莉亞的眉間啊。

我注意到白雪的手指很用力，因為亞莉亞慢慢從我身邊滑開了。

礙於學校的規定，亞莉穿上這身衣服就要扮成小學生，

「……妳、妳、妳給我記住……」

她從喉嚨深處發出呻吟聲說完——

臉上的肌肉開始抽動，宛如劍齒虎在勉強自己微笑一樣，做了一個皮笑肉不笑的表情。

接著，她的嘴巴因體內奔騰的羞恥心和憤怒，冒出了煙霧。

「嗑、咕……好、好的！謝淺老師！」

接著，她睜大紅紫色的雙眼，對白雪大叫說。

啪吱！

亞莉亞太陽穴的血管，浮現了一個「D」字。

「……！」

這個字母在我看來，是「DIE」的D。

她的身體某處，可能還有「I」和「E」字的血管，三個加起來就是……

好……好可怕！這是什麼新招！

在這強烈的殺氣下，就連不知死活在欺負亞莉亞的武裝巫女，都嚇得退縮了。

槍手理子也上半身後倒，慢慢向後退。

我悄悄掀起亞莉亞的粉紅裙——她頭上的D字母尚未消退——若無其事地確認她的大腿沒有佩戴手槍。

「啊！亞莉亞妳不用演小學生沒關係，就照平常一樣工作吧。好嗎？」

但我突然想到，她之前臭屁過自己曾經空手打死過灰熊，於是我抱著必死的決心，安慰這座即將爐心融毀的核子爐。

該死！武偵高中真的是地獄。明明是做衣服這種和平的活動，為什麼會搞得我必須要折壽啊！

還有蕾姬怎麼又不見了。妳是何時帶著艾馬基消失不見的啊。

真是精明的傢伙，待會我這個遠山巡查，會故意找麻煩把妳抓起來的。

晚上十一點過後，同學的衣服也各自完成了。

事前已經規定好，每個人離開之前，要到後方搬三張課桌椅，把教室恢復原狀。因此，現在的教室逐漸恢復了原貌。

蕾姬博士加入巴斯克維爾後，生活依舊很有規律，剛才說了聲：「就寢的時間到了。」便回去了。白雪老師因為有學生會的工作，也跟著離開了。亞莉亞小妹妹也返家了。剛才她踏著沉重的步伐，彷彿能聽見《多那多那》的背景音樂。

（好……我這樣應該也可以了吧。）

我穿上制服，戴上警帽，站在全身鏡前，看起來還滿像警官的。

不過……感覺像是那種明明很年輕，卻沒什麼幹勁的警官。

最近的警察佩槍是S＆W・M360J，我也從裝備科租來了。我握了握手槍，這把槍不重又有質感，是把好槍呢。我喜歡。

我穿著警裝，環繞四周，發現教室內只剩下零星幾人。

而且很碰巧都是女生。真討厭啊，我也差不多該閃了。

……不過……

文化祭的活動：「變裝食堂」的準備，也差不多告一個段落。

雖然很喧鬧又麻煩，不過大家能這樣聚在一起準備東西……其實也不無聊呢。

我現在是高二，能在高中準備文化祭，也只剩下一次的機會了。

想到這，多少有點感傷呢。這真不像我。

巴斯克維爾只剩下笨手笨腳弄得太晚的我，還有在一旁看著漫畫雜誌《YOUNG GANGAN》而一副無所事事的理子（她大概是喜歡教室的氣氛，才會留下來的吧）。

武藤的隊伍也只剩下一人。那人物穿著閃亮亮的細腰洋裝，正在手機上貼水晶鑽……啊！她不就是平賀同學嗎？她沒穿制服，而且還換了髮型，把頭髮盤在頭上，所以我一時沒認出是她。

前陣子，我拜託平賀同學做了一件麻煩事，還跟她訂製了一樣東西，這邊就稍微跟她搭個話吧。

「平賀同學。」

我穿著警察制服，蹲在她身旁。

「啊！遠山巡查。」

平賀同學一個轉身——

「——？」

她濃妝豔抹，重「妝」出擊的模樣叫人嚇破膽。

「我是文文！謝謝你指名我的啦！」

厚重的粉底、熊貓般的眼影、像長頸鹿般扎實的假睫毛……這是什麼狀況？

「妳是要……變裝成妖怪是嗎？」

「巡查又在開人家玩笑了！這是酒店小姐的啦！小哥你很帥，我會算你便宜一點的啦。嗯呵！」

平賀同學雙手拉開寫著「魅力酒女」的籤紙，然後用力眨了裝有假睫毛的沉重雙眼。這是打算對我拋媚眼嗎？妳又失敗了呢。

（話說回來，讓她當酒家女……這種店已經犯法了吧……）

平賀同學跟亞莉亞一樣，籤運不佳呢。不過，兩人倒楣的性質不同，她是抽到自己最不適合的角色。雖然她本人似乎很中意。

「哇！文文好可愛啊！」

理子不知為何滑壘跑來，很喜歡文文酒家女的模樣。

「嘿嘿！歡迎光臨的啦！香檳，OPEN！」

香檳！香檳！香檳王（註12）！

平賀同學和理子像在玩一角兩角三角形似地，互相擊掌。我看到這，心裡覺得隨

註12　香檳王的英文是 Dom Perignon，是最高級的香檳。日本的酒店小姐只要讓客人開酒，就可以抽成賺錢。

她去了吧。平賀同學，妳註定要被體罰了，南無阿彌陀佛。

「啊……先不說這個。平賀同學上次多謝了，謝謝妳幫我把空地島……那個像戰車一樣的殘骸清理乾淨。」我對她耳語說道。

「巡查！我才該說謝謝的啦。上次擄獲的裝備，會變成超好材料的啦。我真的可以全部收下嗎？」

「可以啊。放在那，要是被人看見也很不妙嘛。這件事就先這樣，還有我上次跟妳訂的東西……」

我又換了一個話題。

「啊哈！已經完成一半了！」

平賀同學說著，從花俏的手提包中，拿出一副黑色手套接著說。

「我想說今晚順便把它的徽章縫一下，所以才會留下來的啦。」

喔喔！是做成這個樣子嗎。

我把手套戴在右手上……大小也剛剛好。

真不愧是平賀同學。

「布料是TNK防彈纖維，能夠分散手部的衝擊力。食指和中指的第二指節內側，裝有碳化鎢和鈷製成的超合金，金屬上還塗了氮化鈦。我把這副手套，取名為：『大蛇』。」

——這東西雖然是手套，不過卻是露指手套。

戴上後會露出指尖，無名指和小指從根部到第二指節，覆蓋著一層防彈布料。食指和中指的布料則多了些，覆蓋到第一指節。大拇指則蓋到一半。

布料的配置不太均勻，不過這樣剛好，跟我訂製的東西一模一樣。

造型是由平賀同學設計的……樣子似乎帥過頭了。好像科幻電影中會出現的手套，帶有一股未來感。手背上還有武偵高中的校徽，這裡就有一點動漫風格了。

（不過，唉……沒差啦。）

要她再修改的話，她會額外收費。

況且，我也不是要戴出門給人看的。

這是我和昭昭姐妹戰鬥後，訂製的露指手套。

通常這類內含金屬的硬質拳套，是徒手格鬥時用的東西，而我是為了使用「空手偏彈」才訂製的。

空手偏彈是一種亂來的招式，藉由雙手食指和中指夾住子彈，些許偏移彈道，讓子彈打不中自己。

上次我沒做任何防護，結果手指吃了蘿蔔乾。所以我記取了教訓，訂製了這副手套。

哎呀……雖然我不希望再遇到那種，逼得我不得不用「空手偏彈」的戰鬥了。「眷屬」和「師團」的人目前毫無動靜，可是，這次叫極東戰役……是嗎？我已經被捲入其中了，也不知敵人會在何時、何地攻擊我。

我很難想像這種手套能夠和那群怪物拚得勢均力敵；不過，我也只能照自己的步調做好防備，在平凡高中生能做到的範圍盡力而為。

「嗯，這個成品——可以，沒問題。不過兩隻手要湊齊才有意義，左手的也拜託妳了。」

「文文當然會照訂單，把左手也做好……可是兩手湊齊後，你想用在什麼地方呀？」

「……這是企業機密。」

魅力酒女用驚訝的語氣問完，我敷衍回應。

反正我說了她也不會信吧。

「對了……為何這個副手套的名字叫『大蛇』啊？」

「遠山巡查，你把手弄成剪刀，然後夾一下看看的啦！」

平賀同學說完，我照吩咐一試……

兩指內側的金屬發出「鏗鏗鏗」的悅耳碰撞聲。

「你看！這樣用，手指很像嘴巴一張一合的蛇！」

她居然叫我做這種蠢事，我頓時感到虛脫時——

一旁的理子看見我的大蛇，雙眼熠熠生輝。

「好———帥喔！超帥的！送給理子嘛！送我、送我、送我！」

「喂、喂！放手啊！這妳戴太大了吧！」

「嘿！遠山巡查。手套湊齊了，你想要用來做什麼啊？告訴我、告訴我、告訴我的啦！」

理子似乎愛上這手套的動漫風格設計，平賀同學則是不死心地一直發問。兩人從左右緊緊抓住我的衣袖。

這、這真是一幅不可思議的景象。

穿著制服的警官，居然會被酒家女和槍手纏住。這場景連昆汀塔倫提諾的電影裡都找不到（他的電影過於藝術，常會出現一些很蠢的畫面）。應該說，這已經是搞笑短劇才會出現的梗吧。

之後，我到更衣區把警察服換成制服時，

「金次。」

早一步換好衣服的理子，站在屏風後方說。

她叫我「金次」而不是「欽欽」……看來現在的她是「裡理子」。

「幹麼啊？」

N32K NT190

尖端出版

「你要把那招當成普通招式來用嗎？你也越來越不像人類了。」

……真不愧是理子。

才看了剛才的大蛇一眼，就識破了我的用途。

——她在東京車站看過我用「空手偏彈」，所以才會這麼說。

「不像人類？輪到妳來說我的話，那我就完了呢。」

我也隔著屏風回應，理子竊笑了起來。

「理子——！有朋友在找妳喔！是一個跟妳一樣，穿著輕飄飄洋裝的人。好像是校外人士的樣子。」

「好——！校外人士……？」

教室外傳來同班同學的叫喚聲，所以理子變回「表理子」回應道。

接著，她離開了教室……

……

嗯……？

總覺得，我好像聽見女生們在教室內悄悄移動的聲音。

我換完衣服，離開屏風後——

啊！該死！被擺了一道。

教室內已經空無一人，課桌椅還有好幾張放在教室後頭。

那群傢伙，不整理就跑了。現在是要丟給我嗎？

不知道是誰，帶來的擴音器也沒帶走。MP3隨身聽也丟在這裡，而且還放著音樂。雖然緩慢的鋼琴曲，聽起來很不錯啦。真是夠了。

我看四下無人，原本也想直接溜掉。

可是如果不整理，明天我搞不好會成為眾矢之的。而且，女生八成會互相掩護吧。這樣一來，我又會被扣分，轉學到普通高中的計畫也會受到影響。

所以，我一個人留在夜深人靜的教室，開始搬桌椅。鋼琴曲則成了我的背景音樂。

（還剩下……幾張而已。）

我搬著教室桌椅，突然間——

「嗯？」

沙！

一抬頭，看見窗邊有一條粉紅色的細繩……應該說亞莉亞的雙馬尾。

我還看見水手服的裙襬，她似乎換好了衣服。

藏頭露雙馬尾。

她每次都以為這樣就藏好了。真佩服她這樣還能當S級武偵啊。

「亞莉亞，妳在幹麼？」

我說完，亞莉亞頓時一驚……然後走進了教室。

我以為她已經回家睡覺，怎麼又回來了，是不是忘了東西？

「我也不知道，自己在做什麼……因為金次都不回來。」

亞莉亞微低著頭，「蕾姬睡了，白雪去忙學生會的事情，理子的電話又打不通。」

她含糊不清地說完，抬頭偷瞄了我一眼。

「然後我想說……金次還在教室嗎，結果你還在。」

「……嗯？我聽不太懂，不過來得正好，幫我一下吧。」

「……倒是你，為什麼要一個人做這種事情？」

「為什麼我也不知道，來幫我吧。」

我邀了兩次後，亞莉亞碎步走了過來……嘿咻一聲，幫我搬了一張課桌椅。

這麼說來，暑假也發生過這種事情。我在打掃時，亞莉亞總是會出現呢。

「真拿你沒辦法，讓我這麼擔心，結果還要我搬桌子。」

亞莉亞坐在搬來的桌子上，放心地看著我搬剩下的桌椅。

她的心情似乎很好……可是，妳好像只幫我搬了一張喔。

哎呀，總好過不幫忙啦。

教室恢復了平常的模樣。

我看了時間，已經快凌晨十二點了。

最後，我走到沒人收拾的擴音器旁，想要停下音樂時——

「音樂……先放著不就好了？」

亞莉亞看著窗戶和2年A班的陽臺開口。

「為啥啊？音樂放到早上很浪費電耶。」

「不是啦！我是說……那個，我們稍微休息一下啦，你真遲鈍耶。」

休息？妳才搬一張桌子而已吧。

而且今天雖然是星期五，但時間已經不早了，我很想回家睡大頭覺。

可是，我如果違抗貴族大人的要求，肯定會被處死刑吧。

「……既然這樣，妳就早說嘛。」

我忍住哈欠，隨便拉了張椅子正想坐下時——

亞莉亞下定決心似地，把手放到通往陽臺的滑門上，開口說：

「陽臺，平常都是男生的天下，我還沒出去過，走吧。」

咖啦咖啦！亞莉亞背對我，拉開滑門走了出去。

她的意思是說：「主人（我）都說要去了，奴隸（金次）也過來吧。」

我要是拖拖拉拉的，她就會亮槍，所以我也跟著到陽臺去。

東京灣另一頭，依然燈火通明的臺場，映入我的眼簾。

五色城（註13）的摩天輪也多了燈光的點綴，從這裡望去，能看見一個細細的橢圓形正在發光。

「……好漂亮喔。」

「是啊。」

眼下雖是平常的臺場，但這大概是我第一次，站在深夜的教室陽臺上眺望。

（話說……）

走出來我才發現，這個陽臺是一個氣氛好過頭的地方。

我一個人就算了，要我和女性兩人獨處……待在這種羅曼蒂克的地方休息嗎，傷腦筋啊。

「………」

「………」

室內的擴音器傳來細微的鋼琴聲。音樂和東京灣的浪聲交融，反而凸顯出寂靜感，有如電影中的一幕。

我甚至有一種錯覺，感覺我倆在黑暗中特別的顯眼。

事到如今，我更有一種**我們正在獨處的感覺**。

註13　五色城（Palette Town）是臺場著名的大型娛樂設施，大型摩天輪是其象徵。

好……好尷尬啊。

我把手肘放在欄杆上，瞄了手放在欄杆上的亞莉亞（她的手肘似乎放不到）。

湊巧，亞莉亞也瞄了我一眼，我倆就這樣四目相接。

我倆避開視線的時機也一樣。

啊……搞什麼啊。

步調一致有時也不太好呢。

我們似乎氣味相投，讓我更覺得尷尬了。

「……………」

「……………」

奇、奇怪。

真奇怪。

亞莉亞平常很愛聊天，不會讓對話中斷的說。真奇怪啊。

瞄……

我又看了亞莉亞一眼，結果她又看著我。

我們再次對上眼，又同時挪開視線。

啊……這是做什麼。

這下可傷腦筋了。

這表示，我們都很……「在意對方的反應」啊。

「…………………」

「…………………」

這時，風向變了。我隱約聞到，亞莉亞酸甜如梔子花的體香。

該死！話題，話題，有沒有話題啊。

女性的香味讓我驚慌失措，什麼也想不到。

天上能不能突然出現一架ＵＦＯ啊。

「啊——那、那個，那個是什麼啊？」

亞莉亞伸直手臂，突然指向地平線說。

她說話的方式相當不自然，看來她也在找話題啊。

「嗯嗯？哪個？」

我也……回答得有些不自然，往她指的方向看去。

「那個，像塔一樣很高的東西。有點暗可能看不清楚。」

「喔……那個是天空樹啊。」

「天空樹……？」

亞莉亞紅紫色的雙眼，驚訝地望著我。她似乎沒聽過天空樹。

「妳不知道嗎？Sky Tree。」

「那是什麼？好奇怪的英文喔，我沒聽過。」

亞莉亞晃動雙馬尾，搖頭回應。

「我說妳啊，不要老是看ＢＢＣ，偶爾也看一下日本的新聞啦。雖然我也不是很熟啦……不過那個是電波塔，還沒完全蓋完，現在蓋到第二觀景臺了。」

「哇——！」

這麼說來，天空樹也快完工了呢。

新聞說現在已經到達四五〇公尺，完成了百分之七十。

當它完工時，我……還在武偵高中嗎？

當它完成時，亞莉亞她……

我們又沉默了片刻，眺望著遠方的天空樹後——亞莉亞微張著淡粉紅色的嘴脣說。

「今天啊……小學生衣服的事情先不算……其實我還滿高興的。像這樣準備活動，真的很開心。」

「是啊，我也滿開心的。雖然準備活動已經結束了。」

「這樣的夜晚，人生還能有幾回呢。」

「咦？要幾次都有吧。從以前到現在也有很多次吧。」

「沒有，應該不會太多吧。這是我第一次度過這樣的夜晚。」

「第一次……？」

「因為我在倫敦和羅馬武偵高中的時候，一直都是獨唱曲（Aria）。這種活動我通常會缺席，就算出席也是一個人弄。其實今天我原本也想自己做，沒打算過來……不過……因為金次在這裡。」

「……我？」

「不、不、不是？沒有，騙你的。是理子硬拉我過來的。」

「啊、喔——這麼說來的確如此。哎呀，不管怎麼說……妳現在可以來教室和大家一起工作了，這不是很好嗎？」

「是、是啊。所以我想要珍惜……珍惜這樣的時間。」

原來如此。

亞莉亞也是希望能有校園生活的回憶啊，就算是這種學校。

或許是因為她從小就在倫敦武偵局工作，一直混在大人之中……所以覺得這種學生活動，特別新鮮有趣吧。

「……今天，如果可以一直持續下去就好了。希望明天早上起床，又回到今天早上……上課、吃飯，然後準備文化祭……一直這樣下去。」

亞莉亞開了一個很科幻的玩笑，我聽了輕笑出來。

「然後在深夜，我回到教室……找到你，搬了一張桌椅，最後兩個人來到陽臺，就像這樣……」

亞莉亞說完，抬頭看我。

我也下意識轉頭，超近距離看見她的臉龐。

亞莉亞的眼睛，正在微笑。

啊——！該怎麼說才好呢。

總之，就是漂亮。

這句話我實在說不出口，總之就是很美。

我不禁看得出神。她的視線，彷彿快將我吸入一樣。

「……」

到了這個地步，眼神迷人這種通俗的說法，已不適用。

這好比說，有一位巧奪天工的工藝家，製造出一樣物品。

那樣物品是世界上最理想的美少女。

然後，美少女得到了生命，邁出了腳步，她就是亞莉亞。

亞莉亞……會讓我有這種感覺。

（……？）

應該說——

她平常就很可愛了，怎麼今晚特別漂亮呢。

啊！這傢伙化了一點淡妝。我中計了，還巧奪天工勒。

「……妳化妝了嗎？剛才在做衣服的時候，妳還是素顏呢。」

我話一說完，

「！」

轟！

亞莉亞露了一手新幹線級的紅臉術，頓時神色慌張。

只見她不停揮舞雙手，非常驚慌。

似乎想抓住天空中看不見的糖果流星雨。

「因、因為——因為、因為今天晚上是約會啊！」

「約、約會？」

「咦？」

亞莉亞聽見我的話，睜大紅紫色的眼眸，驚訝地跳了起來。

不對不對，妳不應該「咦」吧。這是妳自己說的，我才應該要咦吧。

話說，我們只是從教室走到陽臺吧。

才走了一公尺就變成了約會，這我聽都沒聽過。

「不、不是……我、我說約會只、只是一種比喻！」

她對我張口，用娃娃音大叫。

「好、好啦，我知道了。嘴巴不要張那麼開，臼齒都被我看到了。」

於是我維持自然的態度，想讓她冷靜下來，

不知為何，她突然用雙手摀住嘴巴，兩眼看著我。

「……怎麼了？亞莉亞。」

「沒什喵。」

「幹麼突然學貓講話？」

「……你不要一直看我門牙……旁、旁邊的……」

喔，她是在說犬齒嗎？

「妳犬齒怎麼了，該不會變長了吧？」

我想起亞莉亞那晚被吸血鬼咬過，於是略帶嚴肅地問。

「啊？不可能會變長吧，你是豬啊。那個……是因為我對自己犬齒很自卑啦。」

「為啥啊？妳的牙齒跟貓咪一樣——那個，哎呀……照常理來說，算很可愛吧？」

「可……可、可、可愛？你是這麼認為嗎？你是不是豬啊？」

亞莉亞一直把豬掛在嘴巴，語氣突然很有精神。

「那個，我是說——**照常理**來說。意思就是說，像我這種相當普通的日本男生，會覺得可愛是很正常的。」

我兜圈子說完，亞莉亞的表情稍微思考了一下，

「在天主教圈中，不是你說的那樣。因為宗教畫作的惡魔都有這種犬齒……所以這

種牙齒會被大家鄙視，說這是『惡魔之牙』。我在羅馬武偵高中的時候，也有人在背後這樣說過我。」

她說這話的心情似乎很難受，於是我安慰她說：

「那妳就一直住在日本吧。」

說完……

轟！啪！她不僅使出最擅長的紅臉術，又接連使出了石化術。

我只是要她一直住在日本……有必要到石化的地步嗎？

接著，亞莉亞低下頭來，吱吱作響的頸部，有如潤滑油用盡的機器人。

「Why do you say so proposal-like words with dry eyes（這種像是在求婚的話，為什麼你能說得這麼自然）……」

她說了一段我聽不懂的英文後，抬頭馬上露出犬齒，瞪著我說。

「你真的……每次都愛說這種不照順序來的話……！」

真是的……亞莉亞小姐……妳從剛才開始，就在說一些莫名其妙的話。

這短短三分鐘之內，我似乎把妳喜怒哀樂的表情都看過一遍了。

「——我說啊，我今天真的有件事情要告訴你！」

「什麼啊……」

「你真的是一個順序（STEP）（註14）很奇怪的人。」

舞步（STEP）？

我有在亞莉亞面前跳過舞嗎？

「我父親說過，要我小心『不照順序來的男人』……一開始你在體育倉庫對我做了奇怪的事情，所以我就一直在提防你……我們貴族，做那種事情一定要照順序來。我們是人類又不是動物。上、上、上次……脖子的事情……也是……」

脖子……？

喔！是在說脖子瘀血的事情嗎？

這麼說來，亞莉亞似乎以為那個傷口是我造成的。

我也不太清楚，不過她似乎在氣那件事情。

「……讓妳瘀血的事情，我向妳道歉。」

在這裡提到希爾達也很奇怪，就這樣道歉吧。

接著，我做出「抱歉，下次不會了」的反省表情後——

亞莉亞稍微慌了手腳。

「啊！不是，你不用那麼難過。我當時也好像喝醉了，沒有記憶……所以也不怎麼

註14　這裡的順序，也有舞步之意。

生氣啦。」

拜託不要生氣，因為錯真的不在於我。

「而且，你已經有那樣的覺悟了……脖子的事情就原諒你。其實我早就原諒你了。但是！你以後要確實照順序來！」

又來了嗎，順序。

關於這個順序方面，我不知道自己到底被原諒了什麼，也不知道她對我有什麼要求；不過，從亞莉亞不直接點明的說話方式來看……順序一詞似乎和「男女關係」有關。這點我明白。

我想……亞莉亞說的話，一般的男性都能明白她的言外之意。

因為就連不擅長戀愛話題的亞莉亞，都能理解並說出口。

──可是，我……

我因為討厭爆發模式，一直避免和女性接觸。

而且是刻意迴避，說什麼也不願意接觸她們，一直以來都是如此。

所以我對……這種「男女關係」的話題不是很清楚。

事實上，我現在就不懂她的意思，平常也無法理解戀愛連續劇哪裡有趣。

因此，

「……」

我感到些許難過，挪開了視線。

抱歉呢，亞莉亞。妳說得很認真沒錯——

可是我**聽不懂妳的意思**。

不過，我如果反問她「順序」的意思，要她詳細說明的話，好像也很失禮。

說到底，這是因為我不夠成熟，而且現在的亞莉亞又好像鼓足了勇氣……所以……這邊我就半知半解地，先配合她吧。

「嗯，我知道了，我會小心，好好照順序走。這樣可以了吧？」

「啊……嗯、嗯。所以，這個。你的心意，那個，我、我很高興沒錯……」

亞莉亞突然伸出左手說。

「……嗯？」

「戒指，我還沒戴上。」

喔——

生日的時候，我送的戒指嗎？

其實，要戴不戴是妳的自由啊。

「……妳不喜歡嗎？抱歉，我的品味不夠好。」

「不、不是！不是、不是！」

甩甩甩甩！

亞莉亞猛搖頭，速度之快，看起來就像有三個頭的阿修羅神像。

接著，她再次面向我，

「不是的，我、我只是、只是**還沒戴上**而已。我、我可不會還你喔。因為我早就送到瑞士的銀行保管箱去，嚴加看管了。」

「妳不用還我啊。」

我苦笑說完，亞莉亞面紅耳赤。

「可……可是那枚戒指，實在太突然了。跳了一百個順序。我在那之後三天沒睡，一直在思考，還是覺得我們那樣太快了。所以……我還沒，戴上。可是……那個，沒想到……你還記得我的生日啊。」

「那是因為……好歹我也是巴斯克維爾的隊長。記好隊員的資料是任務之一。」

「『任務』啊……那你知道其他隊員的生日嗎？白雪、理子和蕾姬的。」

「啊……詳細的日期我不太清楚。」

我老實說完，亞莉亞的表情好像在說「我贏了」。是在贏什麼？

然後，她似乎有問題想問，卻問不出口，眼神游移了片刻後，

「……金次，那我……可以再問你一個問題嗎？」

「可以啊，我會老實回答妳的。」

爆發模式的事情除外。

「那個……我說……金次你，到、到現在交過……幾個女朋友啊？」

咦？

這、這傢伙怎麼回事……一直持續我不喜歡的話題。

「我沒交過女朋友。」

「你騙人，因為你很受歡迎吧。」

「那怎麼可能。我的外號是陰沉的廢物喔？零個，一個也沒有。別問這種連問都不用問的事情。」

我像星際大戰中出現的複製人士兵一樣，嘴巴扭成了「ㄟ」字型說完——

亞莉亞露出放鬆的笑容。

幹麼啊，瞧不起我。

「那妳呢？」

「咦？」

我回敬同樣的問題。

亞莉亞不愧是亞莉亞，嘴巴像達斯・維德（註15）一樣也變成了「ㄟ」字型。

「打從一開始我就說過了吧，我沒談過戀愛。從來沒有。因為我的心思都放在媽媽

註15　達斯・維德是星際大戰中的黑武士。

的事情上面……」

這樣啊……我好像問了什麼不該問的事情。

「抱歉，不經大腦就這樣反問妳。」

「沒、沒關係啦。反正我媽媽的事情，下禮拜高等法院就要開庭了，這次一定會獲判無罪。檢方也說過，如果無罪就不會再上訴。日本現在已經修法，當天就會做出判決，所以我媽媽下禮拜——就會恢復自由之身。」

「是啊，妳母親很明顯就是無罪，不過妳的努力有回報了呢，亞莉亞。」

「嗯……這樣一來，以後我那個……稍、稍微有時間、可以去想**那種**……那一類的事情。我才剛這麼覺得，金次就送了那個戒……戒……戒戒……戒指……」

話題又從香苗女士無罪的事情，回到了戀愛話題上。我覺得亞莉亞從剛才開始就很奇怪，

「總覺得……妳今天跟平常不太一樣，是不是在路上亂撿桃饅吃了啊？」

我想她可能是身體不舒服，轉移話題的同時，順便問道。

「貴族不會做那種事情！我又不是你！」

亞莉亞不悅地面向臺場，接著說道。

「不是那樣，我以後要跟金次你……咦……奇、奇怪……？為什麼我從剛才開始，就一直聊這個話題？」

「別問我。」

今晚的亞莉亞……真的很不對勁呢。

可能是因為她被逼著扮成小學生，導致精神有些耗弱。

「……我們回去吧，外頭有點冷了。」

「說、說得對。」

我正要回教室時，亞莉亞突然伸出小手，從背後緊緊抓住我的制服。

在我還沒回頭之前，她又把額頭貼在我的背上。

「那……這樣子，我就當作我們又往前一步了。」

「往前一步……」

「嗯。就算只隔了一扇門，只有短短的五分鐘，今晚都是我人生第一次約會。所以我，會當作我們的距離又拉近。」

………

哎呀！要怎麼想是亞莉亞的自由啦。

「好了，回去吧。」

我還是──

先別認同妳的說法吧，因為今晚的妳有一點不對勁。

與其說不對勁，倒不如說……

我不是那種直覺敏銳的人，可是我感覺得到，陽臺上的亞莉亞……似乎說出了自己藏在內心深處的話語。

我還覺得她說的話，沒有切中要點。

看來，這不單是因為我的理解能力不足。

無法巧妙傳達自己的心情，是常有的事情……不過，在剛才的情況下，一般人通常不會多說什麼。心情上會一種想說、卻說不出口的感覺。

可是我眼前的亞莉亞，似乎在無意識之間，說出了自己內心深處的話語。

她不像在說謊。可是……我總覺得，好像有人摘下了亞莉亞用來掩飾情感的面具

（每個人都有這種面具，用來藏住真心話）。

喝醉或發高燒的人，還有以武偵的感覺來說……被打了微量自白劑的人，也會有這種狀況。這些人都會不自覺地說出真心話——而且還會以令人不知所以然的說話方式，接連說出原本難以啟齒的內容。

這種情況下，對方說了什麼都不能當真。

所以——

剛才在陽臺的事情，我在心裡會當作沒發生過。

「妳會冷吧，回家之後我泡一杯溫咖啡給妳。」

我們關燈走出教室，靠著緊急出口的照明燈，並肩走在走廊時，我說。

「嗯。」

亞莉亞在我身旁，點頭回應。

「……香苗女士如果被釋放，我們大家一起慶祝吧。到臺場的艾絲泰娜俱樂部去乾一杯吧。我們先訂一個大蛋糕，吃完之後，再喝一杯比我泡的即溶咖啡還要更好喝的現泡雙份義式濃縮咖啡，來當收尾。」

「嗯，嗯！」

緊急出口照明燈的綠色淡光下，她的臉龐……顯得十分幸福。

真是太好了，亞莉亞。

能看見妳這樣的笑容，我真的打從心底——如此認為。

亞莉亞的願望即將實現，香苗女士就要無罪開釋了。一切都在下個星期。

真的，真的是……太好了。

亞莉亞。

3彈　白銀的ICBM

「被告神崎香苗——判處有期徒刑五三六年。」

嚮徹東京高等法院第八〇〇號庭的判決——

今坐在辯護人席上的我，不禁懷疑自己是否聽錯。

法官沒直接宣讀「主文」，就已經讓我有不好的預感了。因為被告被判處死刑或無期徒刑，判決主文通常會延後宣布（註16）。沒想到……亞莉亞的母親神崎香苗女士——

居然會被判**有罪**。

而且沒有緩刑。太重了。這個判決實在太重了。

這是怎麼一回事。

「……」

註16　這是日本法庭判決的慣例。一般情況下，法官會先說「判決主文（你被判什麼刑）」，之後才會說明「理由（原因在於）」。但是在判處死刑或無期徒刑時，順序會顛倒過來，先理由，後主文。原因在於，被告若先知道自己被處死刑或無期徒刑，內心會動搖而無法好好聽宣判的理由，造成日後上訴不利等情況。這麼做，同時也是考量到被告的心情。

理子穿著套裝坐在我身旁，目光銳利地看著檢察官。

貞德和弗拉德（小夜鳴）雖然沒有出席——一個在宣戰會議後就處於失聯狀態；一個則被收押在長野縣的等級五拘留所——但我一直以為這場官司贏定了說。

結果卻一敗塗地。

量刑是比一審還輕沒錯；但這場高等法院的官司，怎麼看都是被告敗訴。

因為**香苗女士的刑罰，還是和無期徒刑沒兩樣**。

（太奇怪了吧……！這種判決……！）

很不對勁。

這場審判很不對勁。

法庭上不知為何無人旁聽，也沒有媒體採訪。

我甚至覺得，背後有某種我們不知道的黑箱作業。

「這是不當判決！」

亞莉亞弄響椅子站了起來，尖聲大喊。

「為什麼會這樣判？我們證詞、證據都這麼齊全——你告訴我為什麼！我媽媽、我媽媽她是清白的！為什麼？」

穿著套裝的亞莉亞，正想衝到檢方那裡時——

年輕的女律師連城黑江抱住亞莉亞，制止了她。

「不要喧鬧，亞莉亞！會影響到**下次**法官的心證。我會立即上訴，妳先冷靜下來。」

下次。

換句話說，就是最高法院。

到了最高法院如果又被判無期徒刑，那就無法翻身了。

這場官司，我們終於被逼到走投無路了。

「放開我！放開！我不是在對妳發脾氣！妳很有能力，又盡全力在幫我打官司！奇怪的是這群傢伙！」

亞莉亞指著庭上的檢察官，甚至指著法官哭號說。

「給我重審！重新開庭！重新換人來審！這根本——是一場鬧劇！你們全都是一夥的，想要陷害……陷害我媽媽！這是一場陰謀！」

「不要吵了，亞莉亞！還有最高法院！官司還沒定讞！」

我只能這樣安慰，也跟著出手制止亞莉亞。

連城律師過去也是武偵，但我們兩人聯手都壓不住亞莉亞。

仔細一看，法警已經拿著手銬，上前包圍亞莉亞了。

不妙，這下不妙了，要是亞莉亞動手打人被逮捕的話……！

「——亞莉亞，妳冷靜下來。」

被告席上心平氣和的一句話——

讓亞莉亞找回了自我。

她的視線往自己的母親——

神崎香苗女士的方向看去。

剛才大鬧法庭的她，眼神由憤怒轉為悲傷……只是一直看著香苗女士。

——不要走，不要和我分開——

亞莉亞的眼神，如此倚賴著。

香苗女士穿著灰色套裝，晃動微微的捲髮，看著亞莉亞。

「謝謝妳，亞莉亞。妳的努力……我真的很高興。沒想到亞莉亞對上伊・U，還能做到這樣。妳真的成長了許多。這對一個母親而言，是最高興的事情。」

……她很冷靜。

比在場任何人都冷靜。

「遠山金次同學，我也由衷地感謝你，亞莉亞真的遇見了一個好夥伴。能夠親眼看見你們這樣，我很幸福。可是——」

香苗女士說到這——

突然面無表情，閉起了濃睫毛下的美麗眼眸。

接著，她的表情突然轉變，像一個被獻祭之人，在死前回想起命令自己獻上性命的支配者……回想起某位不在場的人一樣。

「——我早就預料到，事情會變成這樣了。」

她如此呢喃說。

事後，亞莉亞抱著刻有香苗女士浮雕的手槍，不停哭泣。或許是為了安慰她吧，連城律師讓我們坐上她的奧迪，在停車場待了片刻——

等到香苗女士乘坐的戒護車從高等法院離開時，才開動車子。

她是打算讓亞莉亞……在香苗女士身旁多待一會吧。

亞莉亞坐在副駕駛座，凝視著戒護車。戒護車避開禁止通行的路段，來到六本木大道。

「媽媽……」

聽見這個聲音，我抬頭看了車內鏡……發現亞莉亞還在哭泣。

這是……當然的吧。

這場官司，辯護方是為了勝訴而戰。

為了勝訴，亞莉亞真的是賭上性命，一直奮鬥到今天，持續了好幾年。

她犧牲一般女性該有的青春歲月，跑遍全世界，對上理子和貞德，抓到弗拉德，打倒了佩特拉和夏洛克，認為自己已經收集充足的證據。

然而——

獲得減刑的只有理子、貞德和弗拉德的部分。

其他成員的罪行，因為辯護方的證據不足，依然有罪。

為什麼？我搞不懂。檢方對香苗女士的相關指控……就連不懂法律的我，都覺得雜亂無章，很明顯沒有邏輯，證據也很模糊。

——可是，法官卻判有罪。

這下……該怎麼辦才好。

要我們逮捕四散在世界各地，連同佩特拉和希爾達在內的伊・U餘黨嗎？然後拿繩子套在他們的脖子上，拖到法院去叫他們認錯是嗎？這根本是無稽之談。

那種事情就算辦得到，也要花上好幾年。

連城律師會替我們爭取時間沒錯，但在逮捕所有人之前，最高法院早就審完了。

日本審判流程緩慢的狀況，已因為每每施行的新法而有所改善。不管我們再怎麼努力，三年……不，兩年之內最高法院就會下判決，香苗女士也會無期徒刑定讞吧。

……我在腦中不停煩惱，同時看了坐在身旁的理子。

理子閉上雙眼，從剛才開始就若有所思。

車子緊追著戒護車，來到溜池十字路口右轉，進到了外堀大道——往山王下接近。

此時，戒護車離紅綠燈停止線還有一段距離——

卻突然停了下來。

「……嗯？」

連城律師拿下太陽眼鏡，看著前方道路。

我也察覺到異狀。

前方的號誌——

（沒有點亮……？）

紅黃綠三色皆未亮燈，全都熄滅了。

行人專用號誌也沒有亮燈，人群在斑馬線前東張西望，你看我、我看你。

「……怎麼回事……？」

仔細一看，許多上班族一臉困惑，從兩旁的大樓走了出來。

現在是白天，所以我第一時間沒注意到，大樓一樓的便利商店和咖啡廳，店內也都很昏暗。

招牌的燈光也消失了。

「停電嗎？」

連城律師如此呢喃時，理子張大雙眼，似乎在警戒什麼。

「……？」

下一秒間，我的眼睛——

捕捉到一樣異物。

前方停止的戒護車下方……柏油路上，有樣**黑色物體**逐漸散開，朝我們移動。

看起來像燃料外洩，實際上卻不是。

那是……影子……！

影子朝我們延伸了過來。

我從車窗抬頭上望，也不像有直升機或飛行船通過的樣子。

「……！」

影子逐漸覆蓋我們的車子下方。

這也很奇怪，車外明明很亮。

上方沒有東西，地上卻有影子……！

——這是！

當我腦中閃過同樣的記憶時，啪——！啪啪啪啪啪啪！

「——！」

車外先是一陣閃光，緊接而來的是震耳欲聾的猛烈放電聲。

連城律師的驚訝聲和亞莉亞的悲鳴，迴盪在車內。

我以為是炸藥，但不是。這是——電流，高壓電流竄過了車子。

形成有如閃電落下的衝擊。

「……！」

電流只竄過金屬部分——車子的外殼，所以車內安然無恙。

可是，引擎板上冒出了煙霧……還啪嗞作響，燒了起來。

汽車可是裝有十幾公升的汽油。

如果汽油被點燃的話，我們就——

「大家快下車！危險！」

我踹開門下車，發現前方的戒護車也在冒煙。

而且輪胎全部爆胎了。

「香苗女士——！」

我和亞莉亞想要跑到戒護車旁時，啪啦————！

這次，金色火花炸裂在戒護車的後方。

「——媽媽！」

「亞莉亞，等一下！是陷阱！」

定睛一看，戒護車的駕駛在車內，不停拍打著車門。

他想離開動彈不得的車子，卻無法出來。

是車門壞了嗎？還是門上裝了什麼機關，所以打不開？

站在馬路上的我，察覺到腳邊的異常黑影不見了。

這一連串不自然的「黑影」……

「希爾達……！」

我會叫出這個名字──

是因為我看見她了。

戒護車上方，不知何時站著一個少女，手中轉著褶邊陽傘。

一身歌德蘿莉的裝扮，給人一種頹廢、不吉祥的感覺。

她在宣戰會議上稱自己是「眷屬」，是眾人中最好戰的人物。

也是在那天晚上，咬了亞莉亞的吸血鬼女！

「……希爾達！我在照片上看過妳──這是我們第一次見面吧……！」

亞莉亞反射性拔出手槍，希爾達見狀嗤之以鼻。

隨後，她晃動金色的長捲雙馬尾，把頭別到一邊。

「真討厭，好粗魯喔。我現在不是很想動手，而且我也很討厭陽光。」

希爾達抱著傘柄，把它挪到臉頰旁。

「可是，我不小心出手了。誰叫你們隨便跑出玉藻的結界呢。而且……」

她單腳一動，踏響了黑色的琺瑯細高跟鞋，指著戒護車。

「這是妳媽媽吧？父親大人的仇敵一家，我要趕盡殺絕。」

「──金次，你從右側掩護！」

亞莉亞以娃娃聲大叫完──

照著以往的行動模式，朝希爾達正面衝鋒。

速度之快，彷彿裝了噴射引擎似的。

「……！」

我不得已，也拔出貝瑞塔朝希爾達的右方──原來如此，這個角度下陽傘會製造出視覺死角──衝了出去。

當我和亞莉亞的影子，踩到戒護車的影子時，

「──嗯！」

我看見希爾達小小使力──啪吱吱吱吱！

「嗚──！」

「呀啊啊啊！」

我倆便同時摔倒在地。

這、這是……！

這傢伙的超能力嗎……！

這種衝擊，像是挨了六十到九十萬伏特的強力電擊棒。

「所以說……不要讓我看到你們**這麼激動的樣子**，會害我忍不住吧？啊──把你們吃掉算了。像你們這點程度，我用第一型態也能殺掉吧。」

起身……我想要起身，卻站不起來。

意識還很清楚，這點也和電擊棒一樣。這傢伙的招式——電流很驚人，不過電壓似乎不夠高。

「……該……該死……！」

然而，我的運動神經卻疼痛無比，肌肉無法使力。

亞莉亞在這種狀況下，手中依舊握著槍，顫抖著膝蓋。

「希……爾、達……！」

她在影子中爬行，抓住戒護車的車牌一帶。車子依舊冒著煙。

接著，她咬緊牙根，拚命想起身——但沒用，亞莉亞也站不起來。

「……啊——！我真是糟糕呢，亞莉亞。一看到妳，我的食慾就湧現了。妳的美味，殘留在我的腦中、殘留在我的腦中——」

希爾達有如在下樓梯，咚一聲從車頂走到後車廂上——

不顧亞莉亞手上有槍，雙膝靠攏蹲了下來。

「再偷吃一下好了。那邊那隻半死不活的蟑螂，鮮血看起來跟垃圾酒瓶裡喝剩的臭酒一樣難喝。可是，妳的鮮血就像百年紅酒呢。」

蟑螂……是在說、我嗎？

不過，我現在這副德性……真的跟半死不活的蟑螂沒兩樣。

只能躺在地上掙扎，無能……為、力。

我連手指都使不上力，無法開槍。

是離開座車的理子。

這個叫聲的主人——

「——希爾達！」

我移動眼珠，看見理子拿著兩把華爾瑟，兩撮頭髮各抓著一把刀子。

「住手……希爾達！」

她擺出雙劍雙槍的架式——但我在遠方也能一目了然，她的身體正在發抖。

我感覺得到，她抑制著恐懼，拚命在虛張聲勢。

理子的模樣，讓我想起弗拉德和她之間的關係。

幼時的理子，曾被監禁過。監禁她的人正是希爾達的父親：德古拉伯爵弗拉德。

從她們彼此認識來看，當時理子就見過希爾達了吧。

「啊嗯！4世。好凶悍的眼睛啊，真可愛。」

希爾達一副假惺惺的模樣，緊抱住自己。

「所以我才喜歡妳啊，4世。如果我是最高貴的阿富汗獵犬，妳就是有狂犬病的野狗。可是……妳知道吧？我們是朋友。」

她對理子搭話，眼中似乎沒有我和亞莉亞。

「父親大人現在不在，我就是德古拉家的主人。我不會像父親大人那樣，把妳關在籠子裡的。我會把大理石的房間、有頂篷的床鋪、純金的浴缸全部借給妳。橫濱的紅鳴館也可以交給妳看管。」

——呵！

「不要過來！別把我當三歲小孩，那種無聊的謊言騙不了我！」

希爾達說完，輕輕跳到車道上。

希爾達把手指挨近嘴角，對理子一笑。

「妳看著我的眼睛，理子。我的眼睛不像在說謊吧？」

「……嗚！」

理子下意識直視了她的雙眼——那略帶金色光輝的紅色眼眸。

同一時間，理子小抽了一口氣。我彷彿聽見理子在心中大嘆不妙。

「來，把手槍和小刀放下。為了我們之間的友情。看著我的眼睛，對。仔細看我的眼睛……慢慢地，慢慢地……」

「……嗚……！」

仔細一看，理子顫抖的手，慢慢放下了華爾瑟。頭髮上的小刀也一樣……

「對。這樣很好，4世。妳好棒。聽話的乖孩子。」

理子的身體，彷彿違反了自身的意志。

希爾達踏響高跟鞋，走到理子面前。

但理子沒有開槍，只是傻傻看著她。

——中計了，理子似乎中了催眠術。

不妙……這下沒人可以戰鬥了。

在場所有人的生殺大權，都落在……這個希爾達的手中……！

這時，希爾達摘下一邊的蝙蝠耳環。

「這是友情的證明，送給妳。」

說完給理子戴上。

「……！」

理子失去鬥志，不停顫抖，但雙眼還是瞪著希爾達。

希爾達看著她，面帶微笑。

我趁隙掙扎，想握起貝瑞塔時——

啪吱！

「嗚啊……！」

高壓電流再次竄過我的手邊。

我的身體被彈飛，從俯趴變成了仰躺。

遭受電擊的手瞬間發麻，無法動彈，只能不停痙攣。

「如果你是最醜陋的犀牛蟑螂，我就是最美麗的海倫娜閃蝶。遠山，我禁止你面向我，你不夠格。」

希爾達顰眉，不屑一顧地挪開紅色眼眸。

完了，束手無策。普通模式的我，在這魔女的面前……真的有如草芥！

不對，假如我是爆發模式……就有辦法和她交手嗎？跟這個電擊槍女。

該死，我、我居然會栽在這種地方。

這麼輕易就……死在這裡嗎……！

——就在此時——

「……嗯？」

希爾達歪斜陽傘，皺起端整的細眉，晃動金色雙馬尾仰望藍天。

連眼球都難以轉動、只能看著天空的我，也看見了一樣東西。

——？

那是什麼？

我看見大樓的遠方——遙遠的天空中，有一個銀色的光點。

那不是星星，大白天不可能看得見星星。

「……」

光點在靠近。

那東西——

我有看過……！

那是夏洛克和其同黨逃離伊・Ｕ時乘坐的物體，由ＩＣＢＭ（洲際彈道飛彈）改造而成的交通工具……！

我注意到這一點的瞬間，咚隆隆隆！

白銀色的ＩＣＢＭ插在道路上，引發了震動。

它沒有爆炸，就像傾斜的電話亭般靜止不動。這東西果然是交通工具。

證據在於，我看見彈身側面的艙門，冒著白煙緩緩地打開了。

「……？」

亞莉亞倒在地上，似乎和走出艙門的人物——

四目相接了。

「真是千鈞一髮。妳就是……亞莉亞對吧？我一眼就明白了。」

背光的白銀色ＩＣＢＭ上，有「Polaris 05」的字樣，而從內部走出的人——

是一位穿著灰色西裝外套的美少年，外套看起來像海外的武偵高中制服。

他相當耀眼，就像一位前來解救公主的白馬王子。

接著，他從艙門下到了地面，帶有光澤的整潔黑髮隨之飄動。

他擋在希爾達面前，像在保護亞莉亞。

「希爾達，妳傷害了這個世界上最不該傷害的人。」

美少年的口吻彷彿爆發模式下的我，聲音比我還清脆。他說完，用右手從有徽章裝飾的銀色劍鞘中，拔出一把細長的西洋劍。

西洋劍在日光下如寶石般閃爍。

希爾達見到那把兵刃，不悅地皺起眉毛。

「我有三個不好的消息要告訴妳。第一，這把是我從坎特伯雷座堂惠借來的十字箔劍，劍身是瑞典鋼——不過上頭的鍍銀，是從有四百年歷史的十字架上削下的東西。第二……」

刷——

美少年的右手拔出一把**SIG SAUER P226R**，通稱SIG。

那是精英人員愛用的自動手槍，深受英國SAS和美國SWAT的喜愛。價格雖然昂貴，卻是值得信賴的精品。

「法化銀彈。而且是新教教會祝福過的純銀彈，妳還沒抵抗力吧。妳跟妳父親不一樣，還不習慣跟**我們**交手吧？」

銀色子彈，購買部有售，通稱「銀彈」，價格昂貴無比。子彈上應該有一層法化被覆。我對那塊領域不太熟悉，似乎是指知名寺院或教會，以**咒文**加持過的銀彈子彈。

換句話說，就是對超能力者專用彈。

「第三，我現在很憤怒，希爾達。因為妳傷害了亞莉亞。」

美少年雙眉倒豎說。這一劍一槍的架式——照強襲科的說法，叫做「槍劍」。是近距離手槍戰技：亞魯．卡達中最高難度，且鮮少人使用的型；不過用得上手的話，在實戰中相當實用。

我偶爾也會使用，因為「槍劍」不論近距離或中距離皆能對應自如，不會有破綻。

「……真討厭。」

希爾達打開黑鴕鳥羽毛製的小扇子，藏住了口鼻。

「好討厭的味道！我還想說怎麼會有銀臭味——」

她發出磨牙聲，似乎在咬牙切齒。

看來少年的威嚇奏效了。

「我很清楚……貴族不照正當的決鬥程序就攻擊對方，是一種失禮的行為；不過，德古拉女伯爵希爾達，我要在這裡消滅妳。」

美少年深邃、略帶綠色的嚴肅黑眼，看著希爾達——

腰部微微沉下，雙手交叉擺出架式。

「亞莉亞，請閉上雙眼。我不想讓淑女——看見這種人的鮮血。」

亞莉亞被唱名，紅紫色的眼睛直發楞，沉默不語。

話說一劍一槍的，你從剛才開始就把我當空氣嗎？

他是故意的吧，連正眼都沒瞧過我。

「……」

希爾達明顯很厭惡他的兵器，看見少年縮短距離後，她高舉扇子往晴朗的天空一指。

「想跟淑女玩樂，也要考慮一下時間和場合吧。無禮之徒，要我在這種**差勁的天氣、這種大白天**下玩樂……你想高貴的德古拉女伯爵會接受嗎？」

希爾達以奇怪的措辭回絕後，穿著高跟鞋的腳、小腿、膝蓋——

有如融化的吹糖人，逐漸沉入車影中。

這幅景象我在空地島也看過。她就像魔術師一樣，消失在自己的腳下。

「掰掰，今天我就先忍耐一下吧。」

消失到只剩脖子和陽傘的希爾達，對亞莉亞說完——

就這樣不見了。

隨後，我聽見啪噠聲響，於是轉動總算能動的脖子一看——

理子整個人癱坐在柏油路上。

她內心的緊張，似乎連同催眠術一起解除了。

「妳不要緊吧？亞莉亞。」

美少年說完，把肩膀借給了亞莉亞，幫助她起身。

我的動作晚了一拍，但也設法站起，搖搖晃晃地走到她身旁。

「……我已經可以動了，放開我的肩膀。」

亞莉亞面向少年說。自尊心甚高的她，膝蓋還在顫抖。

少年從頭到腳看了亞莉亞一遍，確認她不要緊後，輕拍了自己肩頭的灰塵，並整理領口。

「媽媽呢……？」

亞莉亞望向車子，我也跟著望去。

神崎香苗女士終於能離開座車，在戒護人員的左右攙扶下，安心地看著這裡。

按照規定，我們不能和她說話……不過，她看起來毫髮無傷。真是太好了。

話說回來——

我交互看了少年乘坐的ＩＣＢＭ和他本人。

這傢伙看起來不像敵人，但究竟是何方神聖？

「你救了我們一命，不過我還是要問一下……你是伊・Ｕ的殘黨吧，來這裡有何目的？」

我指著ＩＣＢＭ說完——

少年終於用黑曜石般的眼眸，銳利地看著我。

我似乎……能感覺到一股敵對心。

「問別人的來歷之前，你應該先報上自己的名字。」

「……我叫遠山金次。」

「我知道。事前調查的時候，我就看過你的照片了。」

那你是問火大的啊。

「我是L。L．**華生**。」

「咦！」亞莉亞聽見這個名字，驚呼了一聲面向少年。

——**華生**……？

這個名字……偵探科的教科書上出現過。

我記得他是夏洛克．福爾摩斯——亞莉亞的曾祖父，同時也是伊．U首腦——的著名拍檔。曾經當過軍人，後來改當醫師，終其一生都是夏洛克的夥伴。

「咦……！咦、那、那你該不會是……」

亞莉亞的聲音小小顫抖（這次不是因為電流）。

同時，她抬頭看華生。

華生對亞莉亞莞爾一笑，點頭回應說：

「對。我是J．H．華生的曾孫。」

說完，他又皺眉望向我。

「遠山，你剛才問我來這裡做什麼——我來這裡，不需要理由吧？」

華生似乎不太高興，端整有型的雙眼皮大眼，往上望著我說。

「這種小事你說了也不會死吧，我可不認識你。」

我有點不耐煩地回嘴後——

華生依序看了亞莉亞和她身後的香苗女士。

接著……

「我來這裡，是為了救我的未婚妻和岳母。就這麼簡單。」

他開口說道。

……？

我聽不懂這句話，轉頭看亞莉亞。她瞪大雙眼看著華生，和我對上眼後也一臉驚訝，慌忙挪開視線。

「……未婚妻？」

現場的氣氛很奇怪，於是我再次問華生說。

「就是亞莉亞。」

華生回答得很乾脆。

斬釘截鐵的態度，彷彿在說：這還用說嗎？

接著，他抬頭看了身高較高的我，挺起胸膛重複了一遍。

「亞莉亞是我的未婚妻。」

之後，我對趕來的警方說明狀況時，現場又來了一輛戒護車。香苗女士在我們的目送下，上車往拘留所出發。為了防止希爾達的追擊——

連城律師決定走路回虎之門。華生似乎有事找她商量，也跟了過去。而理子則說自己突然有急事，往乃木坂的方向離開。

我只好和亞莉亞兩個人，搭電車返家。

這段時間，亞莉亞……一直維持沉默。

我稍微逗了手搆不到吊環的亞莉亞，不過沒講幾句，她就做出奇怪的舉動，把臉別到一旁，冷淡態度讓人無法親近。

這種氣氛下……我想問都問不出口。

有關華生。

L・華生。

還有亞莉亞是他未婚妻的事情。

歷史方面的漫畫上……貴族好像會有這種情況吧。當事人還年輕時，雙方父母就任意決定婚約。

亞莉亞似乎也遇到同樣的情況。

喔——這樣啊。

……以上是我的感想。

我在偵探科的課堂上有聽過，福爾摩斯和華生兩家，從第一代開始關係就很密切。兩家都有貴族的身分，算得上是門當戶對吧。

這樣很好啊，很相配啊。美男子和美少女。

……或許是我在無意識之間，

讓氣氛帶了一點緊張感的緣故吧。

我們搭單軌電車在武偵高中站下車時，亞莉亞突然抓住了我的衣袖。

「……你幹麼一直不說話？」

嗄？

聽見亞莉亞細微顫抖的聲音，我回過頭去。

「因為妳沒說話啊。我們在搭銀座線的時候，我有跟妳說話，結果妳不理我——」

「你不要這麼生氣，冷靜聽我說。」

「我幹麼要生氣？」

「那個，剛才那個人是——」

「華生是誰都好吧，跟我沒關係。」

到頭來，我還是被迫提到「華生」這個名字。

隨後，我把亞莉亞丟在月臺上，先行走下樓梯。

上個月，亞莉亞在這個樓梯轉角……看見我和蕾姬之後上前挑釁。現在，她在同樣的地方又追了上來。

「你……你自己還不是跟蕾姬訂婚了。」

她小聲嘀咕。

亞莉亞常常誤會人，所以這也沒什麼好生氣的。

不過，我總覺得有點不悅，轉過頭回嘴說：

「我說妳啊，我和蕾姬的事情是——」

「今天是我第一次見到他。」

或許是察覺到我在不高興，亞莉亞用些許強硬的措辭，打斷了我的話。

「華生是……我祖母隨便決定的婚姻對象。我以前也只有聽祖母提過一次，而且她年紀也大了，有時候會把幻想和現實混在一起，所以我也沒當真，老實說我早就忘了有這回事。」

「……」

「這是真的。我對神發誓，今天是我第一次見到華生。」

亞莉亞很認真地抬頭看我，感覺有點……拚命。

「真要說的話，其實我連有沒有這號人物都不知道。我聽說過華生家有嫡子……不過，他們現在被派任要職，擔任是一個叫自由石匠的結社的高層，沒有得到女王允許，他們不能隨便暴露身分。所以他們一家都有假身分、假工作當掩護——」

亞莉亞說話的眼神，像被丟棄的小狗。

（為什麼妳要這樣拚命解釋。）

我感到十分生氣。

這不就好像是，我在責備妳有未婚夫一樣嗎？

我打從一開始就明白了。

妳總有一天會離開這裡，還有妳是生活在那種貴族的世界。

「……金次……」

所以，妳沒必要用辯解的語氣說話。

我和妳只是以武偵的身分，暫時組隊罷了。到頭來，我和妳不一樣。不管是能力、身分，還是生活的世界。

我不發一語，再次背對亞莉亞走下樓梯。

身後已聽不見——亞莉亞跟上前的腳步聲。

L. Watson

華生用流利的書寫體，在黑板上寫下自己的名字後——

呀——！

光是這樣，就令班上的女生同時尖叫。

膽小的導師高天原佑彩聽到這朝氣十足的歡呼聲，腳不小心從講臺上踩空了。

剛才，高天原老師笑咪咪地說：「那麼各位同學！老師要向大家介紹一位特別來賓，他是來自曼徹斯特武偵高中的帥哥留學生喔。」當時，我的腦中就閃過一號人物，沒想到真的是他。

（轉到我們班來了……華生這傢伙……）

我皺眉心想。亞莉亞在隔壁位子上手足無措。

接著，她又偷瞄了我一眼。

妳幹麼啊，從昨天開始就這樣。

態度不用這麼小心翼翼的吧。

我和妳不一樣，不會干涉妳的隱私。

特別是妳和華生的關係，那是你們家族、家庭的事情。

沒有我插嘴的餘地。

「我是L·華生。今後請多多指教。」

以男性來說，華生的音調稍微高了些。當他坐到最後方的位子時——

鐘聲剛好響起，宣告早自習時間的結束。

同一時間，女性同學發出尖叫聲，包圍了華生的座位。

好像在採訪傑尼斯的藝人一樣。

「你在之前的學校，專門科目是什麼?在這裡又選了哪一科？」

「我在紐約是強襲科，曼徹斯特是偵探科，在這裡是衛生科。我來這裡，是為了對自己的武偵技術做最後的磨練。」

呀——！

女生們又興奮了起來。她們的雙眼似乎變成了愛心形狀。

「你好像王子喔！」

「我們家不是皇家，是子爵家。」

呀呀！

場面更加興奮了。仔細一看，其中幾個人的眼睛變成了$的形狀。

「你的皮膚好漂亮!比女生還漂亮！」

「……謝謝。」

華生微笑露出皓齒，又令女生發出尖叫。最後，有幾個人開始頭暈目眩……被衛生科或救護科的女生攙扶住。

理子今天請假真是太好了。

她最喜歡這種熱鬧了，還會在一旁鼓譟，到時昏倒的人又會變多了。

（不過……華生還真厲害啊。）

換成是我被那麼多女性圍繞的話……光是想到這點，我就想拔腿逃走。我倒寧願被手持武器的犯人包圍。

可是——華生卻一派輕鬆。

他面對一大群女生，表現得很自然。看起來很習慣女性，應對自如，輕鬆的感覺像是被朋友圍繞一樣。

如果能變成這等美少年，整個格調就會不一樣了嗎？

「華生你要加入什麼社團啊？」

「還沒決定呢。」

聽到這個答案，女生們眼神驟變，開始拉他加入社團。

「加入足球社吧！我馬上去當球隊經理！」「咦！話劇社如何呢？」「來游泳社啦！」

「抱歉，我不管在哪間武偵高中都沒有加入社團，游泳社更是不能參加。」

華生苦笑回答，但女生們不會這麼簡單就死心。

看來她們很想多親近這位來留學的「帥哥子爵」呢。

「怎麼可以不參加社團呢！」

「對啊，你想跟金次一起在屋頂上午睡嗎？」

喂！游泳社的。我因為早晚會轉學的關係，所以沒加入社團啦……不過妳也不要在這裡喊我的名字。話說我在午睡的模樣妳看到了嗎？哎呀！那是因為亞莉亞或白雪心情不好的時候，我會不想回房間，常會在屋頂睡覺消磨時間啦。

「可是，華生如果和遠山混在一起……就會染上花花公子的惡習……啊——到時候我搞不好也會有機會……？」

話劇社的女生，陶醉地自言自語。

染上花花公子的惡習？那是什麼鬼。

「染上花花公子的惡習？」

華生和我一樣，對這句話感到奇怪，於是反問道。

女生瞄了我的方向一眼，用手遮嘴巴避免被讀脣，然後嘰嘰喳喳地……對華生不知呢喃些什麼。

華生聽完，面紅耳赤地轉向我。

「……什……遠山、是那種人……？好、好色之徒……！」

他吊起細眉，瞪著我。

不過他的外表俊美，沒什麼殺傷力。反正，女生們一定跟他說了「別看金次那樣，他可是個花花公子。除了神崎和星伽以外，他還對許多人伸出魔爪」之類的話吧。

因為女生常常在談論我那一類的醜聞。

不過……我沒打算衝到那群女生旁，為自己做出下述的辯解：

・亞莉亞是為了調查爆發模式的契機，才會住在我房間。

・白雪是從亞莉亞那裡拿到鑰匙，不知為何也在我房間住了下來。

・蕾姬是因為風大人的命令，才會跑來跟我求婚。

應該說我辦不到。裡頭有太多機密事項，有些地方連我都搞不懂為什麼。

女生們又更進一步，灌輸華生關於我的英勇事蹟（一切都是子虛烏有）。

「……遠山真的是淑女殺手，居然對那麼多人伸過魔爪……！」

華生變得更加驚慌失措。

你都幾歲的人了，別因為別人的一些流言蜚語，就這樣臉色大變啦。

話說回來……正常來說，男性聽完我那番虛假的女性事蹟後，通常都會說「好厲害，我要向他看齊」之類的話，然後自顧自地敬我三分。這是我過去的經驗，我也不知道為什麼。

（哎呀！隨便啦。）

華生的事情就先不管吧。

他要怎麼想是他的自由啦。

那些傳聞不是事實，只是一些由誤會堆砌而成、毫無價值的流言蜚語。

如果華生是那種只會聽信謠言、不懂明辨是非的男人，那我跟他說話也只會降低我的格調。

接下來，在一般科目的課堂上——

華生立刻就跟上了我們的進度。

不對，不只是跟上。

他被老師點到，都能回答出正確答案。英文方面，他和亞莉亞一樣是母語，所以當然沒問題。不過數學、生物，甚至連之後的日本史，他都能對答如流。

武偵高中的程度很差，有人可以全部答對，就已經夠叫人驚訝了；但大家對華生的表現更是驚嘆不已。

因為，他是今天才從海外武偵高中轉來的學生。

「因為我稍微預習了一下。」

女生們每到下課時間，就會對華生讚賞一番。華生便會露出苦笑，如此回應。說句老實話，他的功課比我還好，我不管哪一科的成績都跟全班平均差不多。

會算東西或背書並不等於頭腦好；不過，稍微預習就能記下這麼多東西，你也不得不承認他的天資聰穎。

他的外表英俊，又是貴族，然後頭腦又好嗎？

女生會不纏著他才奇怪呢。

之後，我在外頭等環島公車，想從一般校區移動到專門校區……可是，公車一直不出現。

平常我會和亞莉亞騎腳踏車雙載，先到強襲科然後再走路去偵探科。

不過如果我們的氣氛，像今天這樣有些尷尬時，我們就會分開行動。結果，今天反而適得其反嗎？

——到頭來，亞莉亞昨晚沒回我的房間。

我有點擔心，所以請諜報科的風魔去打探了一下。聽說亞莉亞回到女生宿舍的房間，跟學妹在玩桃饅敲達摩（註17）的遊戲，來發洩內心的壓力。

風魔還說亞莉亞不知為何相當暴躁，她的戰妹間宮在一旁嚇得要死。

真是的。居然把學妹當出氣筒，還拿食物來當玩具。

（……亞莉亞還是一樣，小鬼一個……）

我小小嘆了口氣，這時有輛黑色車子開到了站牌處，停在我面前。

那不是巴士，而是一輛打著雙黃燈的——這不是……保時捷 911 Carrera Cabriolet 嗎！價格不下三千萬的超高級跑車！

我感到驚訝的同時，跑車的車篷自動打開，往後收了起來。

註17　敲達摩：又譯達摩落，是一種日本玩具，玩法是將幾個薄圓柱重疊起來，最上面放著達摩祖師，然後用鎚子從下方一節一節開始打掉，不讓上面的達摩祖師掉下來。

左駕駛座的 911 變成了敞篷車。

「果然是遠山啊。」

駕駛座上的男人，脫下了太陽眼鏡……是華生。

「公車不會來喔。剛才在前面的十字路口，強襲科的學生在車上鬥毆，結果趕來處理的蘭豹教官一怒之下，空手把公車給推倒了。所以這條路暫時無法通行。」

去……去死去死團（強襲科）的那群傢伙……

你們那群人打死幾個算幾個，拜託不要給其他人添麻煩啦。

還有蘭豹也是，不要空手推倒公車！

「上車，遠山。你要走路過去，應該也來得及——不過，就讓我送你到偵探科吧。剛好我也想找你聊聊。」

華生說完打開車門，我感到些許困惑。

為什麼呢。

我感覺自己不是很想和他**兩人獨處**。

並不是因為我討厭他，我只是直覺地、本能性地感到危險。

不過，公車不會來。這邊就……恭敬不如從命，上他的車吧。

我上車後，車篷自動關了起來。華生開動車子，從他身上——

怎麼回事。他的身上飄來了微微的肉桂香呢。男生居然有這種味道，真是奇怪。

「……真是輛好車。」

「剛好有人賣雙人座的 Cabriolet，所以我昨天就買下來了。在日本，如果不是小車的話會很難開。」

真厲害，可以隨著國家不同來換車子嗎？

武藤要是聽到的話，會羨慕得要死吧。

話說回來，他們真配啊。華生和漆黑色的 Cabriolet。黑髮俊男來開車，整體的感覺很搭。

我們的話題就此中斷，沉默了片刻後——

華生在等號誌時，側眼看了我一眼，開口說：

「——你看起來一本正經，卻是一個花花公子呢。」

還是離不開那個話題嗎？

「女生好像是這樣說我的。」

「我最討厭那種男人。上次在希爾達面前，你那副不成體統的模樣，然後……對、對女性……又很不檢點，這點最不好。我對你的第一印象很差，非常差，差勁透了。」

華生說話的同時，稍微用力握緊了方向盤。

看來他是那種一板一眼、容易激動的男人。

我最不擅長應付這種人。

「所以，我已經事先命令亞莉亞，不准她住在你的房間。」

「真是太感謝了，我一直覺得很困擾呢。」

我嗤之以鼻，把頭別向一旁。

華生也同樣哼了一聲。

「我好像跟你很合不來。」

「不是好像，我也這麼認為。」

之後，華生把車停在偵探科前，一副不高興的表情說：

「我已經決定等我和亞莉亞都成年之後，要正式組隊……在那之前，我會先讓她遠離你。因為亞莉亞好像很喜歡你的樣子。」

「隨你便——多謝你送我一程。」

我把門打開，走出車外……

「你聽好了。**亞莉亞最好的夥伴是我，不是你**。」

華生擺出一副宣戰的態度，說出了強硬的發言。

啪——！

隨著一陣衝擊，我跌坐在體育館的球場上。

搭了華生車子的隔天，第四堂課是體育課。

我們被逼著要打排球，

結果一顆殺球，狠狠地打在我的臉上。換句話說，我用臉部托球了。

「……好痛……！」

「抱歉，遠山，不要緊吧？」

單膝跪在球場上道歉的人，是穿著半短褲的華生。

我沒有特別回答，只是揮手表示「別在意」，然後站了起來。

話說，剛才的攻擊。

你是不是……看著我的臉殺球？

接著比賽繼續進行，雙方比數有失有得。間隔了一段時間，足夠讓大家認為剛才那球是意外後——又是啪一聲！

華生的殺球又狠狠擊中了我的側腦。

而且，球還彈到了球場外，我們這隊輸了。

剛才這球，我明白了。其他人或許看不出來，不過他是**故意**的。

（那傢伙……）

這場比賽有一半的分數，是華生拿下的，手腳真是靈活。

他的身體相當柔軟，也很擅長技巧性的動作，包含故意把球打在我臉上的小動作。

體育館的一角，一群一年級的女生包圍了華生。她們第四節似乎停課，剛才就一直在幫華生加油。

華生露出爽朗的笑容，撥起瀏海。

他跟女生們說話，還是一樣故意不看我這邊。這傢伙也太容易看穿了。

之後的午休時間，我帶著刺痛的鼻子和嗡嗡作響的耳朵，不耐煩地走入學生食堂後，我察覺到一件傷腦筋的事情。

（糟糕……）

我身上沒錢。

這沒什麼好驚訝的。

我最近做的事情都沒錢賺，而且戰鬥的次數也變多，所以買了一堆裝備。

只出不進，會變窮也很正常吧。

宣戰會議的夜晚，我向武藤他妹妹借的小汽艇也很花錢。我如果賒帳的話……她會柳眉倒豎，騎著摩托車跑來收帳說：「輾死你喔！」

（現在，白雪又因為神社祭祀出去了……）

沒辦法。我向平賀同學訂製的「大蛇」左手，請她讓我分期付款吧。

不過，還是不能過得太奢侈。

就算我之後接了民間的委託，報酬會入帳也是下個月的事情。

今天就吃最便宜的橄欖形法國麵包果腹吧。

（剛上完體育課最餓了，結果只能吃這麼一點嗎……）

我結完帳，拿了一杯自助式的水坐到桌子旁，打開麵包袋的瞬間……我稍微能明白貧窮少女風魔的心情了。

當我一個人寂寞地吃起麵包時，嘖！

華生拿著托盤，從我面前走過。

他見到我窮酸的午餐，發出了令人討厭的竊笑聲。

「……幹麼啦。」

「一起吃吧。」

昨天才說跟我合不來，現在華生卻笑嘻嘻地把餐盤放在桌上。

我說，這不是……學校食堂最貴的牛排特餐嗎？

肉質是神戶牛，而且還是霜降牛肉。

「不好意思，我們這邊要先付款呢……」

我抬起頭一看，收銀小姐來到華生旁邊說。

華生長睫毛的雙眼，看著抓圍裙、扭扭捏捏的小姐，一副驚訝的模樣。看來他以為這裡是飯後才結帳。

「這樣啊，日本要先結帳呢，這是因為日本沒有收小費的習慣嗎？」

他說話的同時，從胸前的口袋掏出皮夾後——

我和收銀小姐都吃了一驚。

他的ＬＶ皮夾中塞滿了萬元大鈔，快把皮夾撐到變形。

「我還不太習慣日幣的匯率換算，這樣夠嗎？」

「好、好的，我馬上幫您找零！」

小姐接下萬元大鈔後慌忙離去。華生看著她的背影苦笑後，轉身面對我。

接著，他以會令人陶醉的優美手勢，在空中畫十做餐前禱告，隨後切開鮮嫩的牛排，刀子彷彿快融入肉塊中。

喀嚓……喀嚓！

「遠山。」

「怎樣？」

「你想吃嗎？」

「……」

他見我沉默不語，接著說：

「不給你吃。」

那你問屁啊。

華生進食的動作優雅如明星……我在他眼前大口吃著麵包，心情不悅。

接著，華生一副得意洋洋的模樣，喜孜孜地看著我。

這傢伙，好像真的看我很不爽喔。

「看起來，你好像在為錢傷腦筋呢。」

「犯到你啦？」

「對武偵來說，金錢是購買彈藥或裝備的生命線。如果這條線斷了，再厲害的武偵，實力也會打折扣。」

「這種事情我知道。」

華生說的話……是事實。武偵高中在一年級時，也會如此教導學生。

武偵不像警官或自衛官可用公費置裝，所以要時常思考，如何籌措資金購買裝備。

「武藤兄妹和平賀文那邊，也要花錢吧？」

「……你調查得還真清楚。」

武偵基本上是為錢而動。

最近常有領不到錢的工作落在我頭上，那種算是例外。教務科有吩咐過，在處理一般的委託時，我們學生之間對於報酬的支付與分配要算清楚，委託人也可用勞動的方式相抵報酬。

此外，報酬可以「累積」在一次給付。相反地如果之後未付款，另一方中止工作也不算違規。

武偵的世界中，有如此嚴苛且現實的一面。這點，武偵高中的學生也一樣。
「我馬上就發現你一個弱點了。」
華生俊美的臉龐，發出冷笑。
我再次本能性地察覺到危險。
不知為何——這傢伙對我而言很危險。唯獨這點我很清楚。
不過，哪裡危險……？我還看不出來。

武偵高中到了第二學期，一樣也會在室內游泳池上一次體育課。隔天上游泳課時，我原本打算如果華生再耍小動作，我就要還以顏色。
不過很意外的是，華生居然沒下水。
（那傢伙不會游泳嗎？跟亞莉亞一樣……）
我和2年A班的男生在做準備運動時，華生穿著一套黑色的長袖運動服，出現在游泳池旁。他帶著香奈兒的眼鏡……拿了一張折疊鐵椅，細心拍掉上頭的灰塵後，在桌子旁攤了開來。
這傢伙真愛乾淨。
接著，他雙膝併攏坐在椅子上，突然注意到什麼似地……慌忙把腳蹺了起來。
我對他的舉動感到奇怪時，蘭豹站在華生旁邊喊道：

「很好，你們這群小鬼！游泳池來回游二十趟！誰敢偷懶老娘就拿槍把他斃了！」

磅！她拿M600代替號令，開完槍馬上就不見了。

蘭豹那傢伙……她這樣搞，教師執照居然還沒被吊銷。

哎呀，那個暴力教師不在倒好，我們拿「教官沒說是游直的還是游橫的」來當藉口，快速橫游了泳池二十趟。

再來就是閻王不在，小鬼翻天的時間了。

大家開始自由活動，有人在水中隨意游動，也有人在池畔聊天打屁。

武藤早料到蘭豹會放牛吃草，從更衣櫃中拿出一疊預先準備好的雜誌。我拿了一本電影雜誌，走到華生旁邊拿折疊椅。

「……？」

仔細一看，華生他……看著一群穿泳褲正在戲水的男生，臉頰似乎很紅。

（他感冒了嗎？）

或許是因為這樣，他才沒下水吧。

這時，認真的不知火橫向游了三十四趟——相當於直向二十趟——後，上到了岸邊。華生看到這一幕，「啊哇」地小聲驚呼，連人帶椅子退了幾步。

「……喂，華生，你身體不舒服的話就去救護科吧。」

華生聽到我說話，轉頭看見我的胸部和肩膀後——

嘴角一陣顫抖，隨即把臉挪開。

他一句話也沒說，而且面紅耳赤。是不是燒得很嚴重啊？

「喂，金次！這本上面有AKB所有的人喔！不知火也來一下，來投票吧！」

武藤在泳池旁，光明正大地攤開寫真雜誌對我們說。

「三個人沒辦法投票吧。」

英俊程度足以和華生對抗的不知火，苦笑說。他是一個很好約的人……似乎打算參加呢。

「我說你們兩個，做那種事情有什麼好處啊。」

這種事情毫無意義，我原本打算拒絕，不過要是太冷淡的話，武藤搞不好會不借我雜誌。

況且我就算再討厭女生，也不會因為泳裝照就爆發，這邊就陪他一下吧。

「那一個人五票喔。喂！華生，你也來選吧。」

武藤打開罐裝可樂喝了一口，接著在塑膠桌上攤開雜誌……

華生從一開始就刻意不看我們，現在更是把頭別到了一旁。

「我拒絕。在、在公共場所不要看這種書。」

這種書？是指這些寫真照片嗎？

連我都不怕的說。

「哎呀！別說這種話嘛。她們人數這麼多，一定會有一個自己喜歡的吧。你就當作是被騙，把所有人看過一遍吧。」

上半身赤裸的武藤，像不正派的店家在拉客似地，說完鉤住了華生的肩膀，把他拉過來看照片。

「——呀！」

華生的臉靠在武藤的胸口，尖叫了一聲。

我在他歪斜的太陽眼鏡下，看見他的雙眼溼潤。

他似乎熱昏頭了。看來他在泳池旁休息時，就有點發燒了。

「幹……幹麼啊，發出那種女生的叫聲。那你不用投沒關係，不過……你是不是有點發燒啊？來！這罐可樂給你。冰鎮過的，發燒的時候很舒服喔。」

武藤放開華生，把剛才的可樂遞給他，似乎想當作賠罪。

華生雙手接下硬塞過來的可樂，

「可、可是——這、你剛才……」

「我才喝一口而已啦。」

「可是，你把自己喝過的東西——」

「大家都男生你在說什麼啊。」

武藤回應說。

剛才武藤身上的水沾到了華生的運動服，
「你發燒的話，衣服溼了就不好了，得擦一下才行。」
因此不知火拿著毛巾，按掉華生身上的水滴時——
華生似乎相當不喜歡，驚訝地跳了起來。
接著，他把不知火推開（不知為何，連我也被推開了）。
「我、我要回去了！已經是極限了！」
華生尖聲大叫，就像尚未變聲的男孩。接著看似慌張地、左搖右擺地逃離了游泳池。
他的種種行為，依舊讓我覺得……有些不對勁。

當天放學後。
由於我必須節省餐費，所以我到購買部買了大量的野戰口糧罐頭，然後拿著輕得可以當風箏來放的錢包，打了通電話給平賀同學。
『喂喂！你好你好的啦。』
「平賀同學，我遠山啦。那個，關於『大蛇』的左手啊……」
『啊——那個我還沒做好的啦，這禮拜之內我會盡力——』
「有點難以啟齒……費用方面，我可能會晚一點給妳。下個月我一定會付清，東西能拜託妳照原定計畫完成嗎？每次都這樣很抱歉，麻煩讓我賒帳。」

『嗚——！』

平賀同學稍微思考了一下，在話筒旁啪啦啪啦地翻動行程表。

『遠山是老主顧，平常的話當然沒問題……不過這次……如果這樣的話，我希望可以延期交貨。』

「延期……製作上有困難嗎？」

『這點也是有，主要是因為教務科那邊，另外來了一個緊急委託的啦。因為有人捐了一筆錢給學校，所以學校委託我修理校內壞掉的設備。』

「捐錢……？」

『聽說華生好像捐了一筆大錢的啦！』

華生……？

『指名文文我修理的，聽說也是華生的啦。所以這個月文文很忙！就是這樣的啦。』

說到這，平賀同學些許疲憊地嘆了口氣。

……華生那混帳。讓平賀同學這麼忙，到底想做什麼。

難道……這也是故意要整我嗎？

「……喂，平賀同學。」

『我在的啦。』

「『大蛇』左手要延期的事情，我知道了。不過……妳要小心華生。」

『小心華生？』

「那傢伙有點奇怪。對我……」

有一些奇怪的小動作——我原本想這麼說，不過沒有證據。

這裡我只能語帶保留了。

『嗯——？哪裡奇怪的啦？』

「嗯……那個……我只是有那種感覺。」

『我看不出來他哪裡奇怪的啦。華生是個好人，前陣子他來文文這邊，另外訂了許多武器裝備的啦。呼哈呼哈！』

這是……平賀同學獨特的開心笑聲。

她開高價給客戶，結果對方都不殺價讓她大賺一筆時，就會聽見這種笑容。

「不是，因為那傢伙的舉動有些奇怪。在游泳池的時候也……」

華生搶走了平賀同學的優秀手藝，令我的口氣有些不悅。

『啊——是那個吧？遠山你在嫉妒吧？真可愛的啦♪』

平賀同學用幼稚園兒童般的聲音，開始在說一些莫名其妙的話。

「嫉、嫉妒？」

『聽說前陣子，華生和亞莉亞單獨去了咖啡店。而且還有情報指出，你和亞莉亞目前分居中。』

分居勒。

「妳、妳真清楚呢……連我都不知道他們兩個出去的事情。」

『文文是矮冬瓜，沒有人喜歡。所以我喜歡聽情侶之間愛來愛去的八卦，讓自己也能參與其中，這是我的興趣之一♪』

好、好陰沉的興趣啊。雖然外號陰沉男的我，說這話也很奇怪。

『綜合兩邊的情報來看……遠山是因為亞莉亞被華生搶走，所以在嫉妒的啦。哇哈！好像漫畫一樣的啦！』

「不、不對，我只是……覺得華生很奇怪——」

『華生是個好人，還給了我一個很大的糖果。遠山，男生的嫉妒很難看的啦！』

喀！我想重複點出華生的奇怪之處時，被平賀同學掛了電話。

看來在不知不覺間，平賀同學已經被華生拉攏了。

我有點弄懂了……華生在我背後做了一些動作，企圖封住我的行動。

他的目的是什麼？

話說回來……糖果嗎？華生對女生的喜好還真清楚啊。這點也讓我很不爽。

——我發現華生也有弱點了。

他的籤運很差。

轉學生到校後，必須補抽「變裝食堂」的服裝，但由於剩下的時間不多，所以不會要求他們自己做衣服。

相對地，抽籤的機會只剩一次，不允許變更。

一年級在休息時間拿來的籤箱中，裝的都是一些不用特別製作的服裝，可是……

在班上幾位同學的注視下，華生攤開了籤紙。

上頭寫著：「女生制服（武偵高中）」。

這是籤王之王，簡單來說就是穿女裝。看來他被體罰定了。

除了我覺得他「活該」以外，A班的同學第一時間都為他感到緊張。

「……」

華生稍微思考了一下，

「Strategy is trick. If you don't wanna be suspected, you should show it.（兵者，詭道也。備周則意怠，常見則不疑）。」

然後用英文說了一串類似諺語的東西後，又說：

「……真討厭啊。雖然我不太喜歡……可是，聽說不穿會被教官修理。既然抽到籤了，那我就穿吧。要馬上換衣服嗎？」

這句話讓教室陷入了騷動。

「請穿我的制服！」「請用我的制服！」「不對，穿我的！」女同學爭先恐後地，拿著運動服衝進廁所。「終於有機會親眼看見三次元的偽娘了！」一部分的男生說了一些莫名其妙的話，同時備妥了相機。

華生沒必要馬上換衣服，這件事情沒人告訴他。

之後，華生拿著向女生借來的制服——

消失在走廊上。

大家焦慮不安地在等待時，天花板的其中一塊嵌板，咔噠一聲挪開來。

「難得變裝了，那出場的方式也要有點驚喜才行。」

上頭傳來華生的聲音，接著——

一位穿制服的少女，從天花板的洞口輕落在講臺上。

華生拿起ＳＩＧ，得意地眨眼。

「喔啊——！」男同學發出了異常的歡呼聲。

這聲音，似乎是「喔……！」和「哇——！」瞬間綜合起來的聲音。

他們的心情我能明白。我跟華生的關係如果沒這麼糟，或許我也會驚嘆一聲吧。

——華生就是如此可愛。

而且他的可愛不像加奈那樣，有如明星般美麗過頭而缺乏真實感；而是帶有親近感、像個有些男孩子氣的美少女。若跟女生做比較，他也不像在一旁目瞪口呆的理子或亞莉亞那般，外型過於顯眼出眾。

班上本來有些男生，因為華生很受女生歡迎而感到不悅。

但經過這次的事情之後，他們也突然對華生溫和了起來。

華生名正言順地成了班上的寵兒，朋友不停增加。

我跟華生合不來，再加上朋友本來就很少——

漸漸地，我在班上失去了立足之地。

幾天後，武藤興高采烈地跑來跟我說，他受邀出席華生的家庭派對（當然沒有約我），到了華生在男生宿舍的大房間中吃了許多美食。於是，我便警告他說要小心華生。結果，武藤反而凶了我一頓說：「他人很好啊，看他上次變裝也知道，他很好相處吧。」（武藤也被……華生拉攏了嗎？）

這點讓我有些在意，所以我試探了武藤一下，得知他把偶爾會借給我的防彈三輪摩托車，長期借給了華生。華生那傢伙明明有車子，這很明顯是在封住我的交通手段。太骯髒了。居然用這種方式，磨耗別人戰力。

夜晚，我一個人坐在房間的沙發上。

我沒什麼特別的興趣，所以就把手槍細部分解，藉由保養來打發時間。

我現在缺錢。手槍要是故障，可沒辦法請人修理。

（亞莉亞在女生宿舍，白雪在神社……今晚只有我一個人在嗎……）

手槍通常由三十到一百個零件組成，但我的貝瑞塔和DE是改造手槍，零件又更多了。

經過細部分解後，組裝的難度可媲美模型玩具，而且我又一一確認了零件的狀況，加以清潔，所以消磨了不少時間。

最後我又拿了絨布，把槍油塗在貝瑞塔的槍身內部時——

腦中不禁想到華生的事情。

（我知道他看我不順眼，他之前在車上也說過……）

華生因為某種理由，想要整我。

他抓住了我的弱點——缺乏社交性，想讓我孤立無援。

同時，利用武偵為錢而動的特性，奪走了平賀同學和武藤對我的支援。可是，我連增加報酬把他們搶回來都沒辦法。

華生這一連串的行為，我完全無法抵抗。

因為他的計謀，我一點一滴地，逐漸被孤立。

哎呀……從浦賀沖的海難事故後，我就一直和武偵高中保持距離，也因此被冠上了陰沉的外號……所以孤獨我早就習慣了。

不過，他這種做法令我很不悅，甚至感到忿忿不平。

（我不是很喜歡用這種性別歧視的話罵人……可是，華生那傢伙明明是個男人，卻像女人一樣使那種卑鄙步數。）

要是討厭我的話，你可以像個男人一樣來找我單挑。這才是武偵高中、不對，這才是全日本高中男生的王道吧？

到時候我一定奉陪。

我知道你想獨占優秀的亞莉亞，但有必要排斥我到這種地步嗎？眼下我們還要對抗「眷屬」這個外患，明明就不是搞分裂的時候。

「欽欽，你的表情好可怕。」

一個清脆的呢喃聲傳入我的耳中，使我驚訝回頭——

理子出現在我的身旁。

「理子嗎……妳總是神出鬼沒呢。」

「我躡手躡腳地走進來了，想說你什麼時候才會注意到我。」

理子笑著抬起頭，一屁股坐在電腦架前的旋轉椅上。

接著滑動椅子，到我身旁。

她一樣穿著改造制服，耳朵戴著一個似曾相識的耳環。

「喔——喔——！欽欽，你一個人孤零零地在保養手槍嗎？」

理子的雙腳放在地上，身體朝左右慢慢旋轉。她的襪子上，有櫻桃形狀的小球裝飾。

輕飄的裙子和微捲的頭髮，因為這個動作而劃破空氣。

一陣香草般的甜美香味，飄了過來。

我的心情鬱悶，開始繼續整檢手槍。

「欽欽，你一個人啊。」

「說一次就夠了，我不需要同情。」

「好傷心喔，理子不是這個意思啊。」

「不要這樣鼓著臉，像小鬼一樣。」

「嘿嘿！」

我散發出拒人於千里之外的氣場，但理子毫不在乎，從口袋拿出了兩臺ＰＳＰ。

接著，她像拿雙槍一樣，舉起ＰＳＰ向著廚房。

這時，廚房的微波爐恰好叮了一聲。

「……？」

「嘿，欽欽，你認真到連微波爐在轉都沒發現呢。」

真的呢。

「……敗給妳了，我好像太專注了。」

「你的整檢好像也結束了，跟理子一邊吃便當一邊打電動吧！那個啊、那個啊，現在有在賣秋天限定的栗子便當喔。情侶特典有送刮刮樂，所以我買了兩個喔。一個給男朋友欽欽。」

理子晃著改造制服後方的大蝴蝶結，邊說邊走到微波爐前，輕喊著「好燙！好燙！」然後從裡頭拿了兩個便利商店的便當。

「男朋友勒……嗯，我就收下了。野戰口糧我也吃膩了。」

「欽欽，來PK空戰奇兵吧！邊吃邊玩！輸的人要被贏的人要用手指打手腕。」

理子把便當放在沙發前的桌子上，砰一聲坐到我身旁，硬是把一臺PSP推給了我。

啊！這不是我的PSP嗎？她什麼時候拿出來的。

話說……妳打算在沙發這邊吃嗎，而且還一邊玩遊戲。

（她還是一樣，無拘無束呢……）

平常的話，白雪會生氣說：「沒規矩！喝！」現在她不在，理子就無所顧忌了起來。

理子的奔放，讓我久違地笑了出來。雖然摻雜了一絲苦笑。

……因此……

我和理子坐在沙發上，吃著栗子便當，口中嚼著帶有熱度、不同於野戰口糧的熱醬菜。遊戲中，我們一邊互射飛彈，一邊以不用機槍的規則在空中纏鬥。然後，有時是我處罰她，有時則是她處罰我，就這樣度過了這段時光。

這個以現代戰鬥機進行空戰的遊戲，我是很擅長沒錯——

但問題就在於，理子在迴轉機體時，會像小孩子一樣連身體也跟著傾斜。

而且，她就緊鄰在我的右手邊。

「嗚嚕嚕嚕！好！繞到你背後了，不許逃，欽欽！呀哈哈！」

啊！喂！不要左迴轉！

理子像要把我壓倒似地，身體整個朝我壓了過來。

她滑嫩的手臂貼到我的手上；富有彈性的腰部隔著裙子壓在我身上；帶有甜美芳香的栗子紅頭髮，碰、碰、碰到了我的臉。她的蝴蝶結和頭髮，也弄得我脖子發癢。我感覺自己的身體，似乎從右側開始和理子逐漸融合。

「喂、喂！不要來亂我，妳的頭髮害我看不見畫面啦！」

「嘿呀！嘿呀呀！墜機吧——！」

理子只是單純在玩遊戲，沒有散發出妖豔的氣息。所以我不會爆發，可是這樣我無法好好操縱，沒辦法甩掉理子的跟蹤。

啊、啊啊！我的復活次數已經用完……結果又被擊落了。

我的Ｆ14被逼到了地面，轟隆一聲墜落了。

「好了！這樣理子十二勝！欽欽兩勝十二敗！」

啪！我虛脫地往左方倒下。

理子把我當成了棉被或抱枕似地，直接抱了上來。

「嗯呵呵！欽欽好弱喔。」

理子柔軟的身體，軟趴趴地貼在我身體上。

「喂、喂！放開我……啦。」

這實在很不妙，於是我想推開理子。

理子像在做伏地挺身似地，撐起了上半身。

「啊！欽欽，臉上有飯粒。」

她超近距離看我的臉，取下黏在我嘴邊的飯粒。原來真的有。

接著，啊嗚！

一口把飯粒給吃了。

「……」

看到我覺得尷尬，理子露出「我想到一個好主意」的表情，笑嘻嘻地從桌上的空便當盒拿了一粒飯粒。

「哎呀！理子臉上也有飯粒。」

她把飯粒黏在自己的臉頰上，雙眼溼潤地仰望我。

……反正她一定會說「幫我把飯粒拿下來吃掉，用嘴巴直接拿」之類的話吧。

「欽欽，幫我把飯粒拿下來吃掉♪用嘴巴直接拿♪」

理子擺出做作的動作，不出我所料地如此說道。

我啪一聲，用手指彈飛飯粒。

「呀！」

理子的眼睛變成X形，撐起上半身時——彈～～！

與嬌小身體不相稱的沉重胸部，像布丁一樣彈了起來。

彈動造成的兩個立體黑影，瞬間遮蔽了我的臉。

她、她還是一樣……身材好得不像話啊，全身只有那邊的發育特別好。

重新這樣近看，理子的體型似乎吸收了亞莉亞和白雪的優點，同時有嬌小和比例豐滿的特質。

再仔細一看，她搞不好才是最危險的傢伙——在爆發模式方面。

「嗯——？討厭，你在看哪啊？色狼——！」

我整個人呆住時，理子看似高興地拍打了我的臉。

「喂、喂！處罰是打手腕吧，別打我的臉。」

我設法從理子下方鑽出，開口抱怨後，

「現在規則換了！贏的人要打哪裡都可以！」

理子發揮了自己任性的一面。

於是，抓狂的我在下一場遊戲中，拿出真本事擊落了理子。

理子看到自己輸了，立刻改口說「剛才的規則再更換！改回原來的規則！」然後拔腿就跑。我從抓狂變成超級抓狂……把她抓住夾在腋下，對穿著輕飄裙子的屁股，輕輕地——不對，是重重地打了好幾下。

就這樣……當我們幹了一連串的蠢事後，時間已經很晚了。
看了一下時鐘，已經深夜十二點了。
明天還要上課，要趕快就寢才行。
於是，我沖了個澡，換上睡衣回到客廳後——
理子依舊躺在沙發上無所事事，一邊手撐著臉頰，抬頭望著我竊笑。
「……幹麼啊。」
「嗯——我想睡覺。」
「跟我說也沒用吧。」
「想——睡——覺——！」
理子拍動雙腳，像在打水似的。
「那就睡啊。」
「我——不——想——睡——！」
「妳想要我怎樣啊……」

理子用甜美的聲音，像小嬰兒一樣在鬧脾氣，我見狀深嘆了一口氣。

「我想要聊天。」

「妳想要聊什麼啊？」

「聊什麼都好，我想要聊天，一直聊天。」

「不要，我要睡了。」

說完，我打開寢室的門。

寢室很冷，我想讓客廳的暖空氣對流，因此決定開著門睡覺。

「不過呢……今天謝謝了。」

寢室內有兩張雙層床，我坐到右下角自己的床鋪上——

把剛才覺得尷尬而說不出口的話，對隔壁客廳的理子說。

「妳是因為我最近不開心才專程過來的吧，我的心情稍微好一點了。」

理子沉默了一會後，小聲回答說。

「……不只是這樣。」

接著，她碎步快走，離開客廳……似乎到浴室去了。

我聽見沖澡的聲音。

她今晚似乎要睡這裡。

我不太喜歡這樣……不過，理子是因為擔心我才會過來的，今晚就隨便她吧。

話說回來，可以自由進出這裡的四個人（其中三人是非法侵入），不知何時開始，已經分別以左上亞莉亞、左下理子、右上白雪、右下我的排列，占領了這兩張雙層床。這也代表理子常常擅自住在這裡，所以現在要趕她走也很奇怪。

我躺在床上邊想邊打盹時，啪！

客廳傳來關燈的聲音，暗了下來。

理子碎步走進入寢室，打開腳燈後——

我聽見有人把手撐在我的床上，

「？」

所以一口氣醒了過來。

我轉頭一看，穿著睡衣的理子正想潛入右側的下鋪——我的床上。

「喂、喂！幹麼啊，妳是睡左下吧。」

「啊！我弄錯了♪然後將錯就錯——！」

理子吐舌，拍了自己一下——

接著，連膝蓋也爬到了我的床上。

喂、喂。

這是哪一招。

理子所在的位置是這張床唯一的出入口，我想逃也逃不掉。

我慌了手腳，身體靠到牆邊想逃開。不過，這是自找麻煩。

反而讓理子有空間可以爬上床鋪。

結果不出所料……理子爬上來了。

我搞屁啊，想自爆也不是這種搞法。

我這種動作，不就等於在請她進來嗎？

「這、這裡很擠，不要進來。」

「……今天其他人都不在。」

理子以帶著鼻音的嬌媚聲說。

她的臉上少了平常的微笑，多了一雙孤寂的眼眸。

──我、我立刻就陷入大危機，瞬間被逼死了。

要離開床鋪，必須要從理子那邊出去。我如果用蠻力突圍，她也會硬碰硬……然後用蛇一般的頭髮，硬是把我壓倒吧。

該怎麼辦才好，我腦中一片空白，害怕到無法起身。

不過，如果就這樣一語不發，不知道會被她怎麼樣。今天正如理子所言，我身邊少了支援戰鬥機（亞莉亞和白雪），沒人可阻止她接近我。

不能沉默不語，會被她壓著打。說、說些什麼啊，我。

慘了，真的要說些什麼才行。

我陷入混亂，

「喂、喂！理子，妳的睡衣穿反了。」

下意識地，說出自己注意到的事情。

不對。不對不對，金次，現在該吐槽的不是那裡吧！

「啊！真的呢。」

理子的雙眼皮大眼，看著自己的睡衣，然後手抓著衣襬，突然——

——刷——

一口氣往上脫！

「——！」

我千鈞一髮之際，成功翻身背對理子。

這瞬間……我只看見理子渾圓雙峰……的下方四分之一處。

（女、女生是怎樣……睡覺的時候不會穿內衣嗎！）

乳、乳房，不對。冷靜下來，金次。

現在不能因為發現女性的習慣，就感到膽怯。

理子好像重新穿好睡衣了，一定要想辦法趕走她才行。

「理子妳、不要這樣，平常這個時候……妳早就被亞莉亞或白雪打成豬頭了吧。然後不知道為何，我也會一起挨打。」

「事到如今，你還在提亞莉亞和小雪嗎？」

理子在我身後，以夾雜微笑的嘆息說。

「理子沒關係，欽欽要喜歡誰都可以。喜歡欽欽的女生都不是庸俗之輩，這點讓我有點焦躁呢……不過，她們會喜歡你，就表示理子有看男人的眼光吧？」

「妳、妳在說什麼啊。」

「理子沒關係的。欽欽跟理子兩人獨處的時候，一直都像今天一樣，對我很溫柔。嗯……這樣看來，理子搞不好真的跟小雪說的一樣，是情婦體質呢。」

我身後又傳來床鋪彈簧的聲音，她、她給我躺下來了。

話說，妳跟白雪平常到底都在聊什麼啊。

「喂、喂！不要掀我毛毯。」

「咦——有什麼關係，人家會冷啊。」

理子在我身後，掀開了我身上的毛毯，鑽到裡面來。

「我的手，好冷喔。」

理子在我脖子周圍，用帶有鼻音的嬌媚聲，低聲說完——

刷！

把雙手伸進了我睡衣的兩側口袋中。

「……！」

我的身體僵硬，理子見狀低聲竊笑。

走、走投無路了，她終於抱上來了。

「理子，我的體質──妳知道吧？」

我努力假裝鎮定，祭出最後的手段說。

「HSS嗎？欽欽好像把那個，叫做爆發模式來著？」

「對。我跟加奈不一樣，一旦進入就無法自我控制。它會讓我保護女性，然後扮演一個具有魅力的男人──那個，事到如今我就老實告訴妳，這麼做的目的是為了要繁衍子孫。」

「我・知・道・啊。」

理子貼近我的臉低聲說，身上還飄來洗髮精的香味。

「那──妳滾回自己的床上去。」

我現在……已經在忍耐，拚死不讓自己爆發，連說話都無法修飾了。

可是，理子沒有退讓。

既然這樣，我就稍微嚴肅一點，拿最糟糕的情況來警告她吧。

「我如果進入爆發模式……襲擊妳該怎麼辦？」

我發出最後通牒，

「到時候再說囉。」

理子卻毫不在意地回嘴說。

怎麼會有這種人，妳應該更珍惜自己啊。

然後也珍惜我。拜託聽從我的警告，乖乖離開吧。

「可是，你爆發的話我會有點傷腦筋呢。因為理子想的事情，會被你全部看穿。所以——你就忍耐到極限，不要讓自己爆發，然後和理子親熱吧。」

「所以說，那種事情我無法自己控制啊……」

「沒問題的，我不做出奇怪的事情。」

「妳已經在做了吧！」

我把手伸進口袋，想把理子的手拿出來時——

她的手反握了我。

然後，又突然——

（……？）

緊握住我的手。

「拜託……待在我身邊……」

聽見這嚴肅的聲音——

我睜開了至今一直緊閉的雙眼。

理子她……

（在哭……嗎？）

我下意識想回頭，理子把臉壓在我背後，不讓我這麼做。

「……讓理子忘記吧。讓我全部忘記……我想要忘記。看見那傢伙之後……我每天晚上都會想起過去的事情……會作惡夢……理子已經受不了了……」

「……過去……？」

「希、希爾——我連名字都不願想起。那傢伙在羅馬尼亞……對我……」

理子在我身後不停哭泣。

我聽著她嚶嚶啜泣——

似乎能明白，理子這一連串行為的真正意圖。

——希爾達。

前幾天用高壓電流襲擊我們，唯獨不攻擊理子的「眷屬」蝙蝠女。

她是德古拉伯爵弗拉德的女兒。

弗拉德過去把理子監禁在羅馬尼亞時，希爾達應該也虐待過理子吧。

希爾達也遺傳了她父親的施虐個性，虐待的手段肯定也很凶殘吧。

理子看見希爾達後，大概想起了過去的心理創傷。

「理子……」

……因為痛苦的記憶作惡夢，所以想找人依靠。這種心情我懂。

過去我失去家人時……心情也負面到想找人哭訴。

所以……我會這麼做不是同病相憐——

不過，先暫時維持這樣……也無妨吧。

理子的抽搭哭泣，讓我的爆發性血流消退了。

接著，我毅然決然地轉過身去。眼前的理子，低著頭不願讓人看見哭泣的臉龐。

「……」

我輕輕抱住了她的頭。

理子至今抑制的情感，似乎瞬間崩潰。

嗚啊啊……啊啊……！

她鑽進我的胸口，放聲哭了出來。

理子……平常故作開朗、堅強，但從以前開始，就有情緒不穩定的一面。

那或許是心靈創傷的外顯也說不定。

（希爾達……）

我們之間也有許多私怨，現在又加上理子的事情，我就更不能放過妳了。

下次見面——我一定會想辦法打倒妳。就像妳父親那樣。

「……你要睡到幾點啊，上學要遲到了。」

一個驚訝的娃娃聲——

讓我在朝陽中，迷糊地醒了過來。

「……理子……？」

睡迷糊的我，察覺到懷中沒有人影，呢喃說。

「你果然跟理子在一起，難怪你作夢也會笑。」

聽見**亞莉亞**的聲音，我快速起身。

亞莉亞穿著制服，一手拿著書包，一手扠腰俯視著我。

我自覺失禮……不過還是瞄了她的胸部，確認她不是理子變裝的。

超小，她是正牌的亞莉亞。

亞莉亞原本上翹的眼角更加吊起，張開的小腳比肩寬還要多了15%。

這是……她生氣時的動作喔。

要是我說昨晚和理子在一起，她可能會逼我跳開洞之舞。

「沒有，我一個人……」

「你先把臉頰的口紅印擦掉再說吧你。」

什麼?理、理子那傢伙……

我擦了擦臉頰，但什麼也沒有。

「我騙你的，你真的不適合讀偵探科耶。」

慘了，我中計了。

臭亞莉亞。

妳自己才是，明明不擅長玩這種偵探科的伎倆，現在這麼拚命是在做什麼啊。

「我在樓下和理子擦肩而過，而且客廳又有兩個一樣的空便當盒。」

接著，亞莉亞彷彿想進一步舉證，從我的枕頭旁邊……拿起一根栗子紅的微捲髮，隨手一扔。

「金次，你剛才為什麼要瞞著我？」

亞莉亞的太陽穴爆出D字，狠狠地俯視著我。

（好、好可怕……！）

徹底被逼死的我，

「因、因為妳剛才問話的表情很可怕啊。話說回來，妳可以來這裡嗎？華生有叫妳不要來我房間吧？」

久違地發動了遠山家代代相傳的祕奧義：惱羞成怒。

「我、我又……沒有義務要聽華生的。」

「妳一直在聽他的，所以才沒過來吧，最近。」

「那是因為——華生來了之後，你的心情突然變得很差……」

「對對，都是我的錯啦。」

亞莉亞的態度稍微軟弱了下來，於是我趁隙鑽出床鋪。

為了防範她開槍，我換上了防彈制服後，

「不過金次，你為什麼要提華生啊……我重申一遍，華生和我的婚約是長輩擅自決定的。那種事情，對我來說還早——而且夥伴的事情，也是他自己擅自想找我的。所以，你也不用自暴自棄跟理子膩在一起……」

亞莉亞碎碎唸，像在找藉口似的。

「妳在說什麼，華生人不錯吧。妳跟他好好相處不是很好嗎？」

「所、所以說，你為什麼那麼生氣啊。華生的確是個好人沒錯……」

「好了，我沒生氣，不要管我啦。」

我冷淡說完——

覺得心中稍微能夠理解，自己為何會對亞莉亞和華生的關係，感到心有芥蒂。

我……至今身為亞莉亞的夥伴，一路和伊．U相關的犯罪者戰鬥過來。

不過，場場戰鬥都是驚險的激烈交鋒。

這段日子就像在走鋼索，如果走錯一步，我和亞莉亞早就沒命了。

到了這裡，這次又被捲入「師團」和「眷屬」的鬥爭之中。

可是，我和超能力者戰鬥的經驗，幾乎等於零。如果和那群怪物正面衝突，我大概會立刻被秒殺吧，就像之前在外堀大道的時候。

相較之下，華生光用威嚇就趕走了希爾達，也擁有能夠對抗他們的高價裝備和專業知識。

未來的戰鬥——

亞莉亞和華生組隊比較好。

所以我為了亞莉亞的安全……才會在下意識之間，刻意冷酷地對待亞莉亞，想要疏遠她。

況且，他們又是「福爾摩斯和華生」啊，任何人都會覺得他們很相配吧。

「……」

亞莉亞似乎在聽從我的要求，不再多說——

踏著無精打采的步伐，走出了房間。

——今天我又要一個人到學校嗎？

然後到了班上，我也是孤獨一人。

因為我和華生的關係險惡之故。

我的戰力已被他磨耗殆盡了。

磨耗殆盡的下一步……

——他八成會行動。

以過去的戰爭來說，耗完敵人的戰力，接著就是直搗核心了。

4彈　高度350公尺的螺旋

我上完偵探科的課，又到強襲科上了「戰略I」，之後才踏上歸途。

時間已經很晚了，或許是秋意加深的緣故，我走到戶外時，天色已經暗了下來。

我踩著行道樹的落葉，往公車站走去時——

察覺到隔壁的通信科大樓，有幾個女生吵鬧地從後門走出。

她們把手上拿的掃把，朝通信科的校舍內——鐵欄杆另一頭的人造森林丟去。這是在做什麼？

「小知，再來就拜託妳了！」

女生們把手當成擴音器，對森林方向說完，便朝商店區離去。

小知……？那是誰的外號？

「……啊！好、好的……」

看似無人的森林傳出人聲。

接下來，我只聽見掃動落葉的聲音，不禁眉頭一皺。

好像有人影，正在昏暗的森林中打掃。

那是……

「……中空知，嗎？」

我說完——

人影緊抱著掃把，驚訝地抖了一下。

這個動作，使掃把鉤到一旁的大垃圾。袋子刷一聲倒下，裡頭的落葉撒了出來。

「那、那那個、那個聲音是——遠、遠、遠山、圓山同學！」

這種美中不足的說話方式……果然是中空知。

她樸素到和森林同化了，所以我沒注意到她呢。

「妳一個人在掃地啊？剛才那些女生，應該要負責掃吧？」

垃圾袋是因為我而倒掉，於是我走進林中想幫她收拾好。

「是、是的。可是，因為其他人，拜託我掃地。」

中空知見狀，兩腳內八，刷刷地往後退了幾步。

最後撞到身後的樹，一個人驚叫了一聲。

應該說……她比較像是被人硬塞工作吧。

（那群傢伙，實在是……）

樹林雖小，現在卻是落葉的旺季，掃起來相當辛苦。

把這種打掃推給別人，已經是霸凌了吧。

想想我回家也沒半個人，又沒別的事做，

「一支借我吧。」

於是我決定撿起掃把，幫她掃落葉。

中空知看到我的舉動，

「啊、啊！沒關係，不用、沒關係的……嗝！嗝！嗝！嗝嗝！」

開始打起嗝來了。

「好了，我幫妳吧。武偵憲章第一條。」

「好、嗝……嗝、嗝！謝、謝謝你！謝、謝你！」

中空知抱著掃把，搖晃烏黑的長髮，深深鞠躬道謝。

妳太大聲啦，幹麼突然這麼激動？

我退縮了一下，中空知則飛撲到垃圾袋前，整個人蹲了下來。接著空手把撒出的樹葉，一把一把地塞回袋中。

只要想做，就做得到嘛。她至今緩慢的動作，突然間敏捷了起來。

我如此心想，一邊動手掃落葉時，

「……嗚……！」

因為中空知蹲在地上毫無防備，所以我不小心瞄到她裙中豐滿的大腿，立刻挪開了視線。

幸、幸好周圍很暗。要是光源充足，我就會看到**更深處**的地方。

話說回來，妳要蹲下，至少把膝蓋靠攏再蹲吧。

「……嗯？妳的眼鏡怎麼了？」

我的視線上移，注意到她的長長瀏海下，少了一副眼鏡。

「啊？啊！眼鏡。這是那個，上、上課的時候，壞了，我的臉被球、那個，上體育課的時候，被排球打到。眼鏡就壞了，那個。」

我只是問一下話，中空知又以顛三倒四的方式說話。

看來，我們都是「臉部托球」的同伴呢。

「話說妳……說話不用這麼拘謹吧？我們同年級的，輕鬆一點就好。」

「男、男生、男、男人。我、我、那個……從來沒跟男生，都沒有說、說過話……不小心，就、就太拘謹了。對、對不起。」

中空知彷彿要把自己塞入垃圾袋一樣，快速低下頭來。

「而、而且，我、我太高興了。我、我只有在、作戰中，透過鏡頭看過遠山你而已，所以，現在就、好像，遇遇、遇、遇見電影或、連續劇裡的偶像一樣……一下子，太多話了。因為你找我說話，我太高興、高興、興興。」

「唉……妳繼續拘謹沒關係吧。好了，來掃落葉吧。」

我要手閒下來的中空知繼續動作……同時分工合作，由我把落葉掃在一塊，再讓她蹲著用畚箕掃起，放入袋子中。

只要下指示，中空知就會確實行動，所以打掃進行得很順利。

「……大概，掃得差不多了吧，天色太暗看不太清楚就是了。」

「是的，草和落葉，摩、摩摩、摩擦……的聲音已經沒有了。」

中空知把垃圾袋打結時——

叭叭！

剛好有學生走出通信科想橫越馬路，結果被車子鳴了喇叭。

「噫！」

這樣的聲音都會讓中空知害怕到抱住我的手。

（嗚……！）

好、好危險。因為掃把擋住的關係，她那有如排球大小的柔軟胸部，只是瞬間壓到我而已。

對我而言，這就跟有人拿利刃對著我一樣危險。

我神色緊張，跟中空知瀏海下的雙眼四目相接。

「啊、啊！噫、噫——！」

她突然用出人意料的怪力，把我給推飛。

咚！拜她所賜，我的後腦撞到了樹幹。好痛……

「不、不、不不、不是的！剛、剛才抓你的手，跟你四目相接，不是的！我、我沒沒、沒有對遠山你做、做出妄、妄想！」

……這、這次又怎麼啦……

「這裡、我、我沒有在妄想！不是什麼色色的事情！不、不是在樹林的深處！不是在別人看不見的草叢後面！我我、沒有，沒有妄想！」

樹林深處……？真是莫名其妙。

「啊——中空知。總之妳先別說話。」

「！」

我說完，中空知像被高壓電電到一樣，伸直了身體。

「那、那那那麼、強硬……！可、可是可是，地已經掃完了，既然這樣，我先先、先到草叢後面鋪好東西！請您稍微等一下！」

啪！

我用掃把輕拍了她的腰部，像在按復原鍵一樣。

「好了，開始收尾吧。做完之前禁止說話，知道嗎？」

我拿起垃圾袋說完，中空知一手摀住嘴，點頭如搗蒜，然後慌忙去收拾掃把。她似乎在遵守禁止說話的要求。

話說中空知……膽小到連車子的喇叭都會怕，真佩服她這樣還能當武偵啊。

這在我們學校，也算是稀有動物吧。

隨後，我和中空知在站牌等公車時，

「遠、遠山同學，今天那個，您謝謝了……」

她想說「謝謝您」是嗎？

「沒什麼，別客氣。我只是幫妳打掃一下而已吧。」

「這、這是第、第一次，有、有有、有人這樣幫我……我沒、沒什麼……朋友，唯一的朋友只、只有貞德同學……」

……貞德。

這麼說來，她在做什麼呢。

宣戰會議後，她一直不見蹤影——真叫人擔心啊。

「……妳，知道貞德現在在哪嗎？」

我不抱希望，隨口一問後，

「現在、嗎？她、她在我房間，應該說，我和貞德在女生、在女生宿舍是同……房。」

「咦？」

「上個禮拜，她用電話委託過我工作一次……今天早上她才回來，沒去學校。因為她受傷了。現在人在，房間裡。」

貞德。

她回武偵高中了嗎？

不過她居然會受傷，真叫人擔心，要趕快去看她才行。

看來……貞德和這位中空知是室友。

我不知道她們住幾號房，所以想請中空知帶路。不過，這等於是在要求中空知「讓我進她的房間」，很難啟齒呢。

說話如果不小心點，待會她又要「出題」讓我排列她的語順了。

「中空知，我有件事情想拜託妳……」

「拜、拜託、拜託，不、不行，男、男男、男生的拜託。」

她馬上就結結巴巴的。

「我、我是那種被拜託，就無法拒絕的、個性！對、對我溫柔點！」

「那正好，就讓我拜託妳──」

「在、在那之前，換衣服！男、男人，請讓我換衣服！特別是下面！」

「我什麼都還沒說吧……」

我們在這種狀況下上車，路上我花了一段時間，直到要下車前才把話說通……

最後，我終於能夠拜訪貞德和中空知兩人，位於第三女生宿舍的房間。

中空知膝蓋內八，不停顫抖的同時，和我一起走上玄關。

「嗚喔……！」

室內塞滿了音響機器，足以讓我發出驚嘆聲。

無數的喇叭和看似昂貴的擴音器，擺滿了架子，呈半圓形圍繞在一張黑色桌子旁。塗黑的防音牆上，掛著五顏六色的全罩式耳機，宛如家電量販店。

這幅景象有如電臺的調音室。此外，室內還整齊擺放著古今中外的通信機。不光是處理聲音用的ＰＣ或無線電，連手機也有五十多種機型。

室內到處是閃爍的存取燈，充滿機器的味道……只有擺放在窗邊的迷你觀葉植物，勉強讓房間增添了一絲女人味。

話說，那個長出子葉的盆栽上……有一塊寫著「yuan-shan（遠山）」的小牌子立在那裡。有那種名字的植物嗎？

我看著迷你盆栽時……中空知驚訝跳起，拿了一個耳機的空盒，蓋住了盆栽。

「不、不、不是的！我、我、不、不會和植物說話！我、我沒孤獨到那種地步！哇、還有，那邊的小房間裡頭什麼都沒有！裡面絕對沒有我為了不時之需而囤積的糟糕內衣或酒類！」

「不是……我又不是來住宅搜索的。先不說這些，貞德她……」

「貞德同學在、在那裡。」

中空知背對著「yuan-shan」，指著一扇門說。室內唯獨那裡是古典洋風的木紋門，風格有了一百八十度的轉變。不用多加說明，就是貞德的感覺。

吱……！

我開門入內後，發現房內很明亮。

她好像真的在，不過卻看不見人影。

桃花心木的書桌、形狀如古典瓦斯燈的室內燈、雅致的裝潢，感覺像是一流企業的董事或政治家的辦公室呢。跟外頭的中空知區，大相逕庭。

書架上……排列著法語和日語的書籍，看起來像歷史書物。

（那傢伙，還真用功啊……）

我心想，伸手抽了一本書後——發現皮革書的後方，書架的**深處**還有一排書……

嗯……？

少女漫畫被藏在後面，而且數量還不少。

少女Comic、瑪格麗特、Bessatsu Friend、花與夢。呵呵！貞德也會看這種書嗎？我發現她令人意外的一面了。原來她女性的一面，也是藏在內心的**深處**嗎？真像她啊。

窸窸……窣窣！

我察覺到一旁有動靜，抬頭看見內部還有一間房。貞德似乎在那裡。

沒錯，現在不是笑的時候。

貞德，她追蹤「眷屬」之後好像受傷了，不知道要不要緊呢。

（如果她傷重躺在床上，我可不能吵到她。）

我心想，輕輕打開房門……門後是一間細長的小房間，似乎被當成了大一號的置物壁櫥在使用。

不過——這、這是什麼啊！

室內擺滿了成排的洋裝，式樣有輕飄款和荷葉邊款；顏色有紅色、白色、粉紅色、水藍色；圖樣有格子、條紋和愛心印花。

這些是——理子硬逼我記住的蘿莉服裝。大量的衣服，彷彿把這裡弄成了服裝店，而且還是批發服裝店。

（她在幫理子保管嗎……？）

我如此心想，不過這裡的服裝尺寸比理子還大號，是給更纖細的人穿的。

光是在室內走動，緞帶和蕾絲就會鉤到我的臉或手腳。我撥開緞帶和蕾絲，在蘿莉服構成的熱帶森林中前進……有了。

貞德就在細長房間的深處。她的身前有一面穿衣鏡，上頭有洛可可風格的雕刻當邊飾。

先前我替她抽了變裝食堂的服裝，現在她穿著有「@Home Cafeteria」圖案的女侍服，擺出模特兒的站姿，帶著爽快的笑容在照鏡子。

她穿著一雙過膝襪，凸顯了緊實的修長美腿，手插在腰上……擺出一個很有型的姿勢。

「呵呵！真的不錯呢。」

………

她一下單手放在膝上，身體前彎；一下微轉身體，調整背後的大蝴蝶結；一下用手撥動放下的長銀髮。

這……這是在做什麼？

話說貞德，妳看起來很有精神嘛。

「呵！我怎麼這麼可愛，呵呵！」

……我……

想搭話也沒辦法。

她一個人玩起時裝秀來了。

我有如在窺視獵物的美洲獅，躲在蕾絲花朵之間觀察目標。接著，貞德似乎滿足了，伸手調整頭上的髮夾。

「呵呵！沒想到會有這麼一天，能在眾人面前光明正大地穿這身衣服啊。情報科的

人也想不到我原本就有這種衣服。遠山那傢伙，抽到上上籤了，幹得好！」

看到她一個人在自言自語，

「嗯——」

我不小心發出了聲音。

……啪嚓……！

聽見我的聲音，銀冰魔女貞德整個人凍結了。

她和鏡中的我對上眼，就像心跳停止般，一動也不動。

「貞德，首先第一點，妳看起來很有精神嘛。中空知說妳受傷了，我本來還很擔心妳呢。再來第二點，這些東西是怎麼回事，都是妳的私人物品嗎？」

我從輕飄飄森林，移動到一人服裝秀的會場說。

這時貞德終於動了，她用白皙的雙手摀住臉。

「……一……一切都完了……」

接著，有如悲劇女主角——

從膝蓋癱軟倒下，裙子的內側乘風鼓起。

「……什麼東西完了啊？」

「……遠山，你看見……不該看的東西了，我不能讓你活著回去。」

刷！

貞德淚眼婆娑，從背後拿出了杜蘭朵。

「喂、喂！妳穿成這樣還帶武器嗎……？」

貞德像是被我看到裸體一樣，衝動地拿出武器，於是我慌忙抓住她的劍鞘。

她的手似乎使不上力，很輕易就放開了劍。

「這……這個房間從來沒有人看過，是我專屬的祕密花園。我對理子也保密的說……！」

貞德淚目，雙手不停發抖。

她接著從半短圍裙下掏出了手槍Cz100。

「我、我知道了，我不會告訴別人，會把它當成祕密。所以妳別開槍。」

「……你保證？如果你跟別人說，我會把你變成冷凍焗烤喔！」

「我保證。還有，人類不會變成焗烤。」

我說完，貞德鬱悶地嘆了口氣。

「……要是在這裡開槍，衣服也會被打壞啊……」

終於，她把槍收了起來。

衣服被打壞比我的小命還重要嗎？哎呀……不過我也因此得救了，真是感謝這些洋裝啊。

之後，我到外面像辦公室一樣的房間，坐在黑皮革沙發上等了一會——

換上制服的貞德雙頰染成了粉紅色，板著臉為我泡了杯咖啡。

這個房間也有一面大鏡子，貞德真的很喜歡鏡子呢。

「我先說好，我自己也很清楚。」

貞德坐下說。她的雙腳併攏斜放，坐姿如千金小姐。

「清楚什麼啊？」

「我很清楚那種衣服不適合我這樣的女生。」

貞德眼球上轉看著我，一副打從心底感到害臊的模樣。

「那種洋裝，像理子那樣嬌小的女生，穿起來很可愛；可是……我的身高很高，從小又被當成男孩子來養育——所以，當然不適合我。可是不知道為什麼，我越是這麼想就越……對那樣的洋裝感到憧憬……」

啊——

我或多或少能明白啦。

人都會對自己沒有的東西，感到強烈的憧憬。

「然後那個，理子也有影響到我……所以我明知道不適合我，還是想要買一件來看看，結果就到原宿去買了……之後，我就買上癮了，然後就變成現在這樣。哈哈，我是一個很可笑的女人吧。你想笑就笑吧。哈哈哈……」

貞德甚至發出半崩潰的笑聲，於是我開口說：

「不、不會，我不會笑的，很可愛啊。」

衣服很可愛。

「……可、可愛……？」

貞德似乎對我的話感到意外，睜大了冰藍色的眼眸。

「嗯？是、是吧。」

衣服很可愛。

「你真是個怪人，太沒有品味了。」

貞德把頭撇向一旁說。她面向牆壁，嘴角在強忍微笑，看似有些暗爽呢。

太、太好了。

看來我剛才……拿AVG遊戲來比喻的話，算是選到正確答案了呢。

終於可以進入主題了。

「對了……那個，宣戰會議過後，妳之前跑哪去啦？」

「我一直在追蹤『眷屬』那群人的動向。」

「他們怎麼了？最近一直沒看到他們有動作。」

「他們回到自己的根據地，伺機而動。一直有動作的只有希爾達而已。我也和那傢伙交戰過，當時被電得很慘呢。」

「妳的傷就是那樣來的？傷口在哪？」

「外表看不出來，但我全身的肌腱都受到了傷害，現在手腳無力。拜這個傷所賜，我大概有半個月無法參戰。」

……所以，剛才連我都能輕易奪下她手上的劍嗎？

「希爾達也襲擊我和亞莉亞了，我們好不容易才全身而退。」

「理子跟我說了。不過你放心，那傢伙再一個月就無法待在東京了。因為玉藻現在不眠不休地在擴展驅鬼結界。從學園島、空地島、臺場、品川、豐洲，到東京迪士尼樂園周邊的灣岸地帶，希爾達現在已經無法靠近了。結界是臨時張設的，效果只能維持一年；不過，玉藻的驅鬼結界，效力可是很強的。」

「驅鬼……結界？那是什麼？」

「簡單來說，它能夠製造出一個區域，讓鬼無法侵入。結界本身對人無害，不過如果有鬼闖入結界的話……這個嘛，拿人類來比喻的話，就會像暴露在大量的中子線下一樣。」

「好、好像……有很猛的事情，在檯面下偷偷展開了呢。」

「這不是今天才開始的。東京本來就是繼羅馬和香港之後，退魔性第三強的都市。山手線和中央線的鋼鐵構成的陰陽太極圈，也能夠弱化圈內所有的魔物，這件事情很有名呢。」

一點都不有名好嗎？

我在東京住了好幾年，這可是我第一次聽說那種S研類型的大型機關。

「……對了，貞德，該怎麼辦？『師團』和『眷屬』的事情——要跟亞莉亞說嗎？為了小心起見，我還沒告訴她呢。」

「這個嘛……亞莉亞那邊，等到實在瞞不住的時候再告訴她吧。以她的個性，要是知道的話，可能會主動出擊。現在我們有玉藻的結界，這場戰鬥防守比較有利。」

「我也這麼認為。白雪那邊呢？」

「等待玉藻的判斷吧。你是超能力戰鬥的外行人，讓你傳達不確定的資訊，可能會造成她的混亂。」

「這倒……也是呢。白雪也是專家，就讓專家告訴專家吧。」

我喝完咖啡時——

貞德的手機響了。

「……是中空知。」

「中空知？她在隔壁吧？」

貞德先不理會我的吃驚，拿出手機講了一會電話。

「嗯……我知道了。中空知，妳等一下……遠山，你留在這裡。你在旁邊看的話，中空知無法發揮真本事。你用這支手機跟她說話。」

「怎麼了？聽說妳上禮拜有委託過中空知——是那件事情嗎？」

「對，我要她竊聽轉學生的談話。」

「轉學生？」

「就是L・華生，因為我覺得他很可疑。」

「……！」

——華生——

貞德的話，讓我瞪大了雙眼。

「你似乎也注意到了，他的舉動很不自然。所以我徹底調查了他的經歷，他可不是泛泛之輩。他的外號是『西歐忍者』，在祕密結社自由石匠中，是一個很能幹的諜報員，甚至還得過勳章。」

「……那傢伙……」

「我討厭那種在暗地裡耍小手段的人。而且，我在硬式網球社的粉絲，有很多都被華生搶走了。這點也讓我很不高興。」

暗地裡耍小手段……竊聽就不是小手段嗎？

而且，貞德好像是在遷怒華生搶走了她的粉絲……這一點就先不提吧。因為貞德如果是反華生派，那就太可靠了。

「遠山，你聽這個。他有行動了，正在和亞莉亞一對一談話。」

貞德說完便走到中空知的房間。

我聽見貞德的話，急忙拿起她的手機放到耳邊。

我稍微窺視了中空知的房間……或許是為了集中精神吧，房內昏暗無光。

中空知戴著耳麥。通信機和音響等器材的儀表，放出黃綠和水藍色等光芒，照亮了她的臉龐。器材所接的液晶銀幕上，依照各音域分出了幾十條柱狀線，各線條忙碌地上下移動著。

貞德同樣戴著耳機，在中空知身旁，看著她用雙手操縱等化器。

仔細一看，中空知像在彈電子琴，腳下還踩著無數的踏板開關，彷彿在音海中暢遊似的。

『他們現在在店內。臺場1－9－1。日航東京飯店三樓。歐式餐廳terrace on the bay。他們進入包廂了。包廂內的對話聲，會比較清楚。』

中空知的聲音和剛才判若兩人，有如女播報員般字正腔圓。

她是一個不靠通信機就無法正常說話的怪人。

「妳在那邊……有裝竊聽器嗎？」

『沒有。我裝設在女生宿舍屋頂的極指向性雷射麥克風，能夠集音。在半徑三公里內的地面，我能監控特定方向的聲音。』

「三、三公里……太強啦。三公里外的人在店內，妳也聽得見他在說話？」

『可以的。室內的對話會振動玻璃，只要增強玻璃的振動聲就聽得見……室內的對話聲很清楚，我將它接上。』

太強啦……科學的力量也是。

臺場的餐廳，而且還是包廂內的對話，在這裡能聽得一清二楚嗎？

照我看來，這幾乎和超能力沒兩樣。

『「…後，梅露說…什麼？」』

大概是距離太遠的關係，對話中混有雜音。

不過這個娃娃聲，確實是亞莉亞沒錯。

『「…經過倫敦的時候，梅露愛特要我…妳打聲…呼呢。」「…那孩子明…是妹妹，還這…高傲。」「還有…她還說撲克牌的處罰遊戲，現在還在進行。」「…她還是老樣子，令人討厭，性格真乖僻…」』

華生和亞莉亞的聲音，交互傳來。

對話有點斷斷續續，不過似乎在聊亞莉亞的妹妹呢。

原來妳有妹妹嗎？

我們一起住了半年，她連一個字都沒跟我提過。

哎呀……我自己也隱瞞了大哥的事情，沒資格說別人呢。

或許是因為她妹妹有令人難以啟齒的特徵，或是她們倆感情不好吧。

不過……我覺得有點不愉快呢。聽見亞莉亞和華生在聊只有他們知道的話題。

『他們要上座了。華生的腳步聲——』

中空知低下頭，集中傾聽。

『——腳步聲有點奇怪。這個情報可能派不上用場，不過我注意到了，所以報告一聲。華生的體脂肪率似乎很高的樣子，大約有27%。』

中空知……在這種充滿雜音的聲音中，還聽出這種事情嗎？

讓她做音響搜查，她簡直是天才呢。每個人都會有一項長處嘛。

不過，體脂肪率27%嗎？還真高啊。我離開強襲科後，也頂多才15%。

搞不好華生是隱性胖子吧。

『亞莉亞就座。華生就座。』

『「……莉……不回英國是為什麼……我明天就舉……儀式……」「……要我去，思考那種……情，還太早了……」「為何不乾脆一點，難道還有其他人跟妳訂婚嗎？」「……」』

『亞莉亞，沉默中。』

中空知專程加入解說。

『「怎麼了…還有其他人跟妳訂婚嗎，亞莉亞？」「……」』

華生重複同樣的問題，亞莉亞依舊沉默。

『她有。亞莉亞每聽見「訂婚」一詞，心臟就會怦怦跳，生理上也有其他的反應。女性對特定男性抱有強烈的好感時，都會有那種反應。』

中空知斷言說。

是這樣嗎？

除了華生之外……她還有其他的訂婚對象啊。亞莉亞也挺受歡迎的嘛。

這一點她也沒跟我說過。

『「亞莉亞，妳在福爾摩斯家的名聲似乎很差…跟我結婚嫁到華生家…何？華生家在金融界很成功，現在已經比福爾…斯家還富裕…妳可以爭口…給他們看喔？而且在工作上，妳也不用當倫敦武偵廳的突擊…長…只要變成華生家的一員…就能當上…的幹部…」「……」』

華生不停勸說，而亞莉亞只是沉默不語。

我心中逐漸急躁了起來。

『「…而且華生家在日本的政界和司法界也…妳母親的審判也…」「……」』

『亞莉亞在「母親」和「審判」的地方，心跳聲產生變化，同時發汗。』

『「…既然…那書面上也行…如何呢，亞莉亞…」「……讓我，考慮一下……」』

喂……

妳說要考慮。

這表示妳想和華生結婚嗎？

「中空知，那個……亞莉亞是認真的嗎？那個……結婚、的事情──」

『是認真的。只不過她的語調——以我對同年代女性的聲音資料來推測……這是就算犧牲自己、也要保護某種東西時的語調。』

……妳是認真的嗎？

亞莉亞。

——妳要變成華生的人嗎——

（亞莉亞！）

此時，我的體內，

——咚咕——

這是……

怎麼了……？

——咚咕——

一股炙熱的鼓動竄過。兩次，三次。鼓動不斷持續。

這是怎麼回事。

這種血液衝上腦門——什麼也無法思考的感覺。

很像爆發模式，但不一樣。

有一股比爆發模式還要更凶惡的情感，正逐漸侵占我的心靈。

——搶回來……！

我的中心和中央的深處，傳出這樣的聲音。

(**這是……！**)

我想起來了。我的身體對**這種**情感有印象。

這跟在伊・U上……夏洛克擄走亞莉亞的時候一樣。

——**狂怒爆發**。

大哥教過我，這是爆發模式的衍生之一。

平常的爆發模式是「保護」女性，但這個模式不同，是為了「搶奪」而存在的。

這種狀況下，我對其他男性的敵對情感，會成為開啟這個模式的黑暗鑰匙。

「……嗚……！」

我靠著牆壁，心如刀割似地按住胸口。

已經——無法停止了。這個血液的流動。

我記得，狂怒是……一種很危險的模式。它所增強的戰鬥力，會比通常的爆發模式還要高一點七倍；但相對地……腦中只會剩下攻擊兩字。可說是一種……兩面刃吧？

——不過，那又怎麼樣。

我開始覺得，那種事情一點都不重要。

所有事情都不重要了。

我反而想詛咒自己至今的不爭氣。

為何我會放任華生接近亞莉亞呢。

這種說法可能不太好──是因為我想把亞莉亞夥伴的位子，**讓**給華生嗎？

的確，他各方面都比我優越。

他有能力應對未來的戰鬥，外表也很英俊，成績優秀，又是有錢人。

不過，那又怎樣……！

亞莉亞是我的夥伴。

你想搶走她的話──華生。

就像個男人一樣，跟我單挑。

別用花言巧語欺騙亞莉亞，玩手段搶走她。

我不會把亞莉亞交給那種人。

──還有亞莉亞，抱歉了，這次我不會顧慮妳的心情。

我要把妳**搶回來**。

現在回想起來，蕾姬之前硬逼我組隊時──妳也想做同樣的事情吧，在學園島的車站。

這次就換我把妳搶回來吧。

「遠山，怎麼了！」

貞德不知何時來到我身旁，抓住了我的肩膀。

我這才注意到，自己已經把貞德的手機拿離耳朵了。

貞德注意到我的眼神比平常、比爆發模式時還要更銳利，正想開口說話時，我用右手按住了她的嘴巴。

然後，我快速繞到貞德身後，把她的後腦抱入自己的胸口——

一邊把她帶到中空知看不見的位置。

「嗚——？」

貞德的身影倒映在鏡中。鏡中的她被我抱住，難受地扭動身體。

不過，她的身體還使不上力，只能任由我擺布。

妳最近要小心一點，提防會有像我一樣的男人，對妳做出這種粗魯的行為。

「貞德。」

我用左手手指輕輕撥弄髮色如冰的頭髮，找出一隻白皙的耳朵說。

貞德被我碰到耳朵，身體顫抖了一下。

「不要出聲。」我在她耳邊呢喃。

中空知戴著全罩式耳機，集中精神正在竊聽。我……觀察了幾秒，她也沒有過來看我們的狀況。看來，我這樣的音量她聽不見。

鏡中的貞德又想移動，我用左手把她的腰也抱了過來。

「……！」

她看見鏡中的我又靠近她的耳朵，瞪大了冰藍色的眼眸。

臉頰和耳朵逐漸染成了粉紅色。

我把手移開她的嘴巴，讓她能換氣。不過，我還是在她的粉紅色脣瓣前，豎起了食指，要她保持安靜。

「——遠、遠山……！」

貞德明白我的意思，以氣聲回應說。

「你、你身為一個武偵，不要因為竊聽男女幽會這種小事，就起了邪念！中、中空知就在隔壁喔。我自己沒做過，所以不能跟你保證，不、不過就算我能讓你退火，也沒把握可以不發出聲音。不、不對，應該要先問你現在是HSS——」

貞德小聲說到一半，我又在她耳邊呢喃。

「妳說得對。」

「哪、哪一點說對了！」

「現在的我是HSS——爆發模式，不過，是另一種衍生型。我突然想外出一下，妳的手機我借走了。」

「外出……？」

「叫中空知繼續向我報告狀況。」

我說完放貞德自由，確認了貝瑞塔和ＤＥ的彈匣。

貞德點頭回應完……當場癱坐在地上。或許是因為狂怒的我，令她太害怕了。

喂喂！我啊。

這下該怎麼處理？貞德之後一定會來找我興師問罪。

話說回來，事到如今我才知道狂怒下的我，跟普通的爆發模式成對比呢。

對女生很凶猛，甚至可說是粗魯，宛如肉食動物。

祈禱我不會也對亞莉亞做出這種舉動。

因為兩隻肉食動物如果互咬，可會兩敗俱傷啊。

『華生，然後是亞莉亞，移動中。亞莉亞的走路方式有變化。有一點，搖搖晃晃。

他們移動到電梯內。電梯下樓，門關了起來。聲音中斷——』

無線ＬＡＮ連結的耳麥中，中空知的聲音經由貞德的手機傳了過來。

對外行人的我而言，竊聽聲只剩下雜音了。

中空知從雜音中，找出一點可辨識的聲音，告訴我亞莉亞他們的動向。

我回到自己房間，拿了備用彈匣，以及只有右手、但好過沒有的「大蛇」後——

得不到武藤援助的我，不得已只好跨上自己的腳踏車。

時間是晚上十點過後。

前岔的車燈，照亮了川流不息的車道。

我過去曾經嘗試過，爆發模式下我就算騎普通的腳踏車，最高時速也能夠達到九十公里。

只到臺場的話，腳踏車跟別的交通手段比起來，時間差不了多少吧。

我原本是這麼認為，然而……

『聲音，反射到建築物，再度捕捉。華生、亞莉亞，目前在車內。車種是保時捷911 Carrera Cabriolet。車篷未開啟。沿著都道四八二號，往東北方移動中。』

華生那傢伙，開車了嗎？

東北方……他不回武偵高中，想把亞莉亞帶往某處嗎？

可是，腳踏車怎麼跑得過保時捷啊。

『華生，正在和亞莉亞說話。亞莉亞沒有回答。似乎睡著了。』

睡著了……？

「太奇怪了。告訴我她是哪種睡法，中空知。這大概很困難，妳做得到嗎？」

「……聽聲中……昏迷指數，ＪＣＳII－１０（註18）以下。呼吸聲、心跳等生命徵

註18　ＪＣＳ為Japan Coma Scale的簡稱，為日本慣用的昏迷程度指標。II－１０則代表昏迷程度為「普通的呼喊能叫醒對方」。

象，酷似投藥、麻醉所造成的意識程度降低。介於熟睡和昏睡之間。」

華生那混帳……！

他好樣的，似乎在餐廳給亞莉亞吃了什麼安眠藥。

我不知道他想幹什麼，不過你敢動亞莉亞一根寒毛試看看。

我會讓你付出相同的代價。

用最暴力的方式！

（不過……）

華生打算去哪裡。不弄清楚這一點的話，我就會被他甩掉，追不上他了。

我咂舌的同時，騎過單軌電車下方的道路，準備到臺場時，

『車內傳來衛星導航的輸入聲。衛星導航出聲回應。目的地是……東京都墨田區押上1－1－2。』

「好助攻，中空知。待會賞妳一個吻。」

『請克制不正常的發言。』

哈哈！

她不假辭色地提醒我了。

狂怒下的我和通信機中的中空知，兩者都和平常判若兩人呢。

『華生、亞莉亞，到達聲音能捕捉的極限範圍。於首都高速公路汐留系統交流道，

失去聲音。以狀況來看，我判斷從這裡無法聽取到聲音——請小心。』

中空知的耳朵，終於也到了極限嗎？

不過已經夠了，幫了我大忙。

只要知道目的地，我就能追上他。

你給我等著，華生。我會把亞莉亞叫醒，然後讓你昏睡。

「——睡在醫院的病床上啦！」

我拿手機看地圖，好不容易才抵達押上1—1—2，而這裡是——

東京天空樹（Tokyo Sky Tree）的建設工地。

真的是這裡嗎？我如此心想探查了周圍……發現華生的保時捷停在附近的停車場中。

不過車內空無一人。

我檢查車子滅音器的熱度，停車後大約才經過十五分鐘。

我拆下腳踏車的燈，照亮鐵絲網後方……找到你們了。積有沙子的工地現場中，有武偵高中指定皮鞋踩過的足跡。

不過，沒有亞莉亞的足跡。

大概是因為華生抱著沉睡的亞莉亞。

（為什麼……他要帶亞莉亞到這種地方……）

我仰望已完工七成的天空樹——好高。

高到會令仰望的人弄痛脖子。

我和亞莉亞在教室陽臺時還不知道，原來到了正下方，它的白色柱子每一根都粗得嚇人啊。

它巨大到我看不出來它是一座塔。

在最上層用來興建第二觀景臺的大型吊車……混入黑暗中完全看不見了。

再仔細一看，天空樹和普通的塔不一樣，支柱的排列略呈螺旋狀。

（是在……這上面，嗎？）

我爬過鐵絲網，追隨足跡侵入塔內的建設工地。

時值深夜，內部空無一人，又幾乎空無一物。我踩在鐵板上的腳步聲，在塔內迴盪。我小心戒備，以防敵人從工地現場的看板，或重型機器的後方殺出，不時舉槍前進。

「……」

布滿沙子的鐵板上，幾乎快看不見足跡時——

前方出現了一臺臨時設置的工地升降機。

（……升降機嗎……）

讓它動起來的話，對方可能會察覺我在跟蹤。

不過，誰理他。現在的我——狂怒下的我，腦中幾乎放不下任何東西，只有攻擊敵人、搶回亞莉亞的念頭。

我從武偵手冊拿出撞匙，插入啟動用的鑰匙孔中。

鐵絲網門的升降機，開始搖晃上升。

途中我換了好幾次電梯，在白色粗壯的鋼筋鐵骨中，不停往上、往上。

彷彿到了飛機的飛行高度一樣，不停往上升去。

——好高，居然高成這樣。

眼下東京東部的夜景，有如航空照似的。

這裡已經比弗拉德一戰的陸標塔頂樓，以及我和亞莉亞駕駛的 ANA 600 號班機的飛行高度，還要高上許多呢。

隨後——

我來到一旁柱子寫有「350m」的第一觀景臺，並進入其中。

周圍的視線昏暗，但市區的燈火依稀可辨，我的眼睛也習慣了黑暗。

未完成的觀景臺，地板只有裸露在外的堅硬水泥。

這裡十分空曠，除了角落散亂擺放的幾樣器材外，什麼也沒有。

沒有聲音。

只聽得見遠方的烏鴉叫聲。天空樹最上層，似乎有烏鴉群聚。

周圍有好幾根柱子圍繞，柱子之間……尚未裝上玻璃。

這時，一陣風吹過柱子之間，風中飄來細微的肉桂香。

「……你很厲害嘛，華生。」

對方連影子都看不見。

但我還是開口說。

因為他就在附近。

「我知道你在武偵高中為什麼要削弱我的戰力了。你早就設想好了，知道擄走亞莉亞之後會變成這樣——和我直接對決對吧。」

我對周圍的黑暗說，同時右手戴上「大蛇」。

——結果，左手來不及做好。

要用空手偏彈的話，我就非得犧牲左手手指。而且不會有第二次。就算狀況再怎麼不利，我都只能用一次。

換句話說，我這方便的新技巧，使用的次數有限。

不，幾乎可說是被封印了。

「我到目前為止，都是和同伴合作，才能一路走過來。伊・U一戰也是，如果沒有團隊合作，我大概無法度過難關吧。你注意到這一點……第一步才會先孤立我。耍這種賤招還挺卑鄙的嘛。」

少了武藤支援的我——

到這裡比華生晚了十五分鐘。

多這十五分鐘，任誰都能做好準備。

他可以藏好亞莉亞，讓自己也躲起來，再等我露出破綻。

我被迫騎腳踏車前來，現在雙腳的肌肉僵硬。再加上，我最近沒好好吃一頓，開始有點頭暈眼花了。

這場戰鬥，才剛開始我就處於不利的狀況。

這時——

「滾出來吧。還是說，你要在那邊像毛賊一樣躲到早上啊？」

我感到四周的空氣飄散著一股緊張感。

華生果然是衝動型的人，他似乎中了我的激將法。

「……你來這裡做什麼？」

左前方的黑暗中，傳來他的聲音。

終於肯說話了是嗎？

「……這還用問嗎？」

喀鏘！

我拉動貝瑞塔的滑套，以上膛代替回答。

我凝視聲音的方向——他在黑暗之中。

圓形觀景臺的另一頭，機器的後方，隱約有一個人影在移動。

距離約二十公尺。

「我是來搶亞莉亞的。」

「我不會把亞莉亞交給你，遠山。現在我還可以饒你一命，滾吧。」

「那可不行。我現在是巴斯克維爾的隊長，小隊的成員如果出了什麼事，隊長的成績會扣分呢。你對亞莉亞做了什麼？」

「我用藥讓她睡著了。」

「未婚夫可以做這種事情嗎？」

「未婚夫？喔——那只是一個有名無實、像辦家家酒一樣的東西。」

「『辦家家酒』嗎，原來如此……」

意思就是說，你在欺騙亞莉亞。

我知道自己體內——

黑暗汙濁的狂怒血流，逐漸沸騰了起來。

「要正式當我的另一半，亞莉亞的腦筋還太差了。需要再教育她。」

「那我也來教育你吧，用武偵高中派的方式。」

……轟隆隆！遙遠的上空傳來雷鳴。

宛如在配合我狂怒的情感。

「遠山。」

「怎樣？」

「我先說好——英國允許武偵為了自衛而殺人。還有，我是王室武偵，擁有治外法權。換句話說，我就算在日本殺了你，也不會被問罪。」

是喔、是喔。

……哎呀，日本也有可以殺人的公務員啦。

我父親就是如此。不過，聽說他從來沒殺過人就是了。

「好廉價的威脅啊，華生。你明明嘴巴那麼厲害。」

「我就當你這句話，是在向我宣戰。」

「隨你大小便。」

我不屑地說完——

華生的所在處，傳來「啪咻」的小小聲響。

（——是**注射**型的嗎？）

剛才是無針注射器的聲音。

這節骨眼會打的東西，恐怕是「NEBULA」——武偵專用的中樞神經刺激劑吧。

該藥品在日本是禁藥，專門用於強襲戰，能夠暫時提高集中力，並增強在黑暗中的視力。

我的經驗上，**打了**那種東西的傢伙……會很難對付。因為會變得很耐打，也不容易感到恐懼。

「我就告訴你吧。」

華生如此開口，大概是為了爭取時間，讓藥效發揮。

「我要亞莉亞遠離你，是為了要保護她。」

「保護……？」

「亞莉亞待在『師團』，肯定會被殺。」

是在說……極東戰役的事情嗎？

「實際上，殼金的持有量也是『眷屬』比較多，數量為五；而『師團』只有二。戰鬥才剛開始，她馬上就陷入危險之中。為了她的安全，我第一步要從巴斯克維爾的隊長——也就是你手中，把她搶過來。你們的判斷有誤。不管怎麼想，亞莉亞都應該加入『眷屬』。不對，現在也還不遲，**她必須要加入**。」

「我說『西歐忍者』先生，你們自由石匠的大使，在宣戰會議中說過要維持『中立』喔。」

「以現狀來看，我已經建議組織加入『眷屬』了。目前在總會所正在審議，下禮拜就會通過吧。」

「既然如此，我要趁現在消滅禍根。」

我說話的同時，主動縮短彼此的距離。

再繼續聊下去，他會因為「NEBULA」的藥效而占優勢。

我的目標是速戰速決。

華生看到我接近，半笑地回答我說：

「你以為你贏得了嗎？對自己太有自信的武偵會早死喔。」

「沒這回事吧，你不就活得好好的？」

喀！喀！我的腳步聲，響徹無人的觀景臺。

敵人的身影，越來越清楚了。

他穿著一套可融入背景的黑色防彈、防刃背心；腳上穿著一雙貌似內含鋼鐵的軍靴；背後有一件斗篷般的防彈長外套保護……算是全副武裝呢。

相較之下，我只有武偵高中的防彈制服，「大蛇」也只有一隻手。

不過，狂怒下的我，不會做那種戰力分析。

就算戰況如何不利，我還是要打倒對手，就這麼簡單。

「怎麼？已經到有效殺傷範圍了喔。」

我進到手槍的交戰距離，低聲說完——

刷！

華生拖延到最後一刻，讓藥劑有時間生效後，快步衝了過來，幾乎聽不見腳步聲。

（——好快啊。）

華生低姿勢逼近，同樣不發聲響地，拔出了庫克力彎刀。這把刀也是夜戰用，刀刃塗成了黑色。

華生在我眼前，突然以「＞形」的方式改變路線，和我交錯後揮刀砍來。

目標是右手腕。從軌道來看，他想一刀砍斷我**握著槍的手**。

「——嗚！」

我豎起扣著貝瑞塔扳機的食指，往彎刀的前端一揮。

鏗！

「大蛇」的碳化鎢和鈷的超合金，冒出火花架開了彎刀。

我是情急中伸出手指，原來「大蛇」還可以有這種用法啊。

而剛才的過招中，我明白了一件事。華生的動作敏捷，攻擊也很精準——

不過，肌力不夠。

我注意到這點，以左手拔出蝴蝶刀。

「你才是要逃就趁現在啦，華生！」

我用刀刃的另一邊——破刃刀背，和他的彎刀交鋒，發出鏗鏘聲響。

接著，啪鏘！

用蠻力轉動凹字形的刀背，折斷了彎刀。

「我現在也是東京武偵高中的學生，陣前逃亡違反校規吧。」

華生丟掉彎刀的殘骸，翻動長外套，單腳躍起一個後空翻。

這空翻浮起的姿勢，配合遠方的閃電，有莫名的美感。

刷！

他即將著地時，用手握住從衣袖中彈出的 SIG SAUER P226R，立刻朝我開槍連射。

鏘鏘鏘鏘——！

我在前方一至二公尺處，把他所有的子彈朝四面八方彈飛。

——彈子戲法——

不僅如此，狂怒下的我，又出了另一招。

我開槍時故意混入一發子彈，看起來像射偏一樣。

啪！

「嗚啊——！」

我的子彈在華生背後的柱子**跳彈**，擊中了他的背部。

跳彈射擊。

蕾姬在「人類狩獵」中把我追到走投無路時，也曾經用過這一招。利用物體反射攻擊敵人的技巧，就讓我借用一下吧。

我想趁勝追擊，舉起了貝瑞塔。

不過華生啪一聲，前倒撲地後……就沒有動作了。

……喂！

才一槍就掰了？真不耐打啊。

「……站起來啊。」

砰！

狂怒的凶猛血液，使我朝華生旁邊的地板開槍。

然而，華生卻一動也不動。

哎呀……就算穿防彈背心，肺部被打中一樣會暫時無法呼吸吧。

「……」

他……還是沒動。

打到不該打的地方了嗎？

話說，因為武偵三倍刑的原則，如果他死了我也會被處死刑啊。

「喂！」

我走到他身旁，抓著他外套的後頸，像在拎貓一樣……把他抱了起來後，

「……嗚……」

華生小聲呻吟，昏迷的臉龐看起來……

這、這傢伙是怎樣？

呃……我不想承認啦，不過那個……哎呀！這是事實，所以也沒辦法，我就認了吧。

他的五官還真可愛呢。明明是個男生，真是怪胎。

即便是狂怒模式，我對有女人味的東西依舊沒有抵抗力，當我一時之間動搖時——

華生突然張開睫毛翹翹的雙眼，呼！

紅色的嘴脣，短促地吹了口氣。

（——嗚！）

我的左眼頓時一陣疼痛。

我慌忙推開華生，摸了自己的眼瞼。

（是針嗎……！）

他一直含在口中，我中計了。

我拔下刺在眼瞼的針。一公分長的針在眼瞼上開了小洞，針上有毒。諜報科的學

妹風魔，也有類似這種的竹針，能夠含在嘴裡。

我的眼球沒事，不過眼瞼邊緣到太陽穴一帶，開始發麻了。

裝死加用毒嗎？真不愧是「西歐忍者」啊，手段有夠齷齪。

此時，華生趁我按著左眼，視覺出現死角時，消失在我的左方——磅！啪！

緊接著，用內含鋼鐵的軍靴，朝我的腹部和臉部，猛力一招二段踢。

「我就承認吧，遠山，你果然是個人才。有辦法用子彈彈飛子彈，還會用跳彈的招數。亞莉亞為什麼會迷戀你，我多少能理解了。」

華生再次和我拉開距離，上舉ＳＩＧ像在嘲笑我似地，搖晃槍身。

我收起蝴蝶刀，虛張聲勢地拔出ＤＥ——

身體卻不由得退了幾步。

眼睛已經很痛了，剛才的踢擊更直接命中了我的肝臟和下顎，真夠嗆的。

他準確地攻擊了人體的要害。

我必須稍微喘息，讓暈眩的腦袋恢復，否則無法戰鬥。

「你的實力，應該可以和自由石匠的一流諜報員平分秋色吧。不過很可惜，我是比一流更厲害的超一流。」

他又在喋喋不休，想爭取時間呢。

剛才是為了讓「NEBULA」生效，這次則是為了讓我毒發。

時間每推進一秒，就會對他越有利，對我則越不利。

「你的資料並非主流，所以相當昂貴；不過，資料上說的沒錯。你是東京武偵高中的問題兒童，不過戰鬥的技術，特別是接近戰方面，有卓越的資質。資料上還說，你隨著栽培方式的不同，有機會能變成加奈級的高手，的確所言不假。」

……居然做了這種奇怪的調查。

「還有一個非官方的資料，你可能不知道，你是亞洲的S・D・A排名（Skilled Detective Armed）……在日本好像俗稱超人排名吧？你在上頭也是百名以內。」

是誰，誰做出那種排名的。

立刻把我除名，我在武偵高中只是E級武偵啊。

「……好了，差不多生效了吧，遠山？我的也生效了喔。華生家是醫師世家，使用藥物讓局勢對自己有利，是我們的手法。呵呵！」

華生舉起SIG……朝這裡走來，對我嘲笑。

我哼了一聲，嗤之以鼻……然後調整呼吸。沒辦法。

就算左眼看不清楚，我也只能戰鬥。

「最後就用亞魯・卡達讓我們的戰鬥落幕吧。這場戰鬥，獻給──亞莉亞！」

華生側翻，一口氣縮短距離。

鏘鏘鏘鏘鏘！

他翻身到我面前站穩，這一秒半之間，他的身體各處發出了金屬聲。

定睛一看，他的手肘、膝蓋和鞋跟，從左右共冒出了六把薄如卡片的彎刃短刀。

（——全身武器——）

一位在英國特種空勤團（SAS）研習過的學長，有過類似的裝備。

這可難打了。我連手槍在內，必須同時對付七把武器。

在左眼幾乎看不見的狀況下。

砰！

砰砰！

我和華生的手槍在極近距離下，像小刀般揮舞。

華生不停朝我看不見的左方迂迴。

迂迴之際，還摻雜了一些細膩的招式，一會撥掉我扳機上的手指，一會用關節技扭我的手腕。

他彷彿身處陽光下，在黑暗中也能看見細處，這全拜「NEBULA」所賜。

我的子彈數量……越來越少。

當我射完最後一顆子彈，把手伸到制服後方，想立刻換彈匣時——

……嗚？

「你在找這個嗎？」

華生把我的貝瑞塔彈匣，丟到半空中。

（他在剛才的格鬥戰中摸走的嗎……！）

我以狂怒模式的反射神經，飛奔而出想搶回彈匣。

華生見狀，砰！鏘！

扣動SIG的扳機，把彈匣射到了塔外。

貝瑞塔已經不能用了。

既然這樣，DE！

磅！

我對準他的胸口，扣下沙漠之鷹發出巨響——子彈卻沒命中。

因為華生後彎身體，躲過子彈，身體**柔軟**得令人難以置信。

緊接著，華生彈起身體又逼了過來，像在打泰拳似地，揮動手肘的彎刀往我右眼砍來。我扭動身體躲開，幾根被削下的瀏海，落在我的右眼前。好險。他接著又朝我的胯下使出膝擊，我也設法後跳躲開了。

敵人的刀刃好幾次掠過我的身體，我的子彈則不停被躲開。

裝彈數量只有八發的DE，很快就沒子彈了。於是，我伸手想找DE的彈匣，但似乎也被偷走了。

慘了。

沒有子彈。

我為了把武器換成刀劍，往後退了幾步。

（嗚……）

這才發現，我在不知不覺間，已經站在觀景臺的邊緣。

華生在戰鬥的同時，巧妙地把我誘導到邊端處。

我已經退無可退了，後方是高度三五〇公尺的虛空。

我如此心想，伸手想拔出薩克遜劍……最後放棄了。

沒了。

背後的重量感，如此告訴我。我滿腦子只有攻擊他的念頭，讓我到現在才注意到，劍被摸走了。華生可能把它藏在身上，或是丟了。

連蝴蝶刀也沒有，我被偷過頭了吧。

——這也是狂怒模式的壞處。

這時，ＳＩＧ槍口冒出火花，一顆子彈射在手無寸鐵的我的腳邊。

「……嗚！」

我從觀景臺踩空。

落下之際，我的腰部、胸部和下顎依序撞到水泥地……好不容易才用雙手抓住邊端。

（不要看下面，快拿出繩索……！）

我鬆開右手摸了腰部的皮帶……畜、畜生，連繩索也沒了。皮帶頭被切掉了。

於是，我開始找立足點，但建築物外頭已上了一層塗料，變得很光滑。

我無法爬上去。

現在手要是放開，就是十八層……地獄了……！

華生看見我掛在外頭，走了過來，動腳想踢掉我抓著邊緣的右手。

兩次、三次，我的右手還是抓著邊緣不放。

華生竊笑，彷彿在玩弄我的右手似地，最後一腳把我的手踢掉。

「我教你一件事吧，剛才你滿腦子只有攻擊，實在太好懂了。」

我放棄用右手支撐，憑著狂怒模式的力氣，像單手拉杆一樣打算起身時——

華生黑色軍靴的鞋底……輕輕往我的左手踩來。

「不過，我覺得你打得很好。拜你所賜，我的子彈只剩下一發了。剛才我把你的彈匣，9mm的子彈射到塔外，實在太浪費了啊。」

滋……！

滋滋……！

華生朝我的左手施加體重。

內有鋼鐵的軍靴如此踐踏之下，我的左手指扭曲，快要骨折了。

「〜〜〜〜嗚……！」

疼痛使我伸直了左臂。我的肩膀一高一低，右手碰不到邊緣了。

忍耐……要忍耐……！左手要是鬆開，我會倒栽蔥摔到地面上……！

可是，這種狀況下……我、我要怎麼爬上去！

「遠山，你就放心去吧。亞莉亞的將來你不用擔心，我會讓她幸福的。」

——**亞莉亞！**

聽見這個名字的瞬間——

所有的一切，在我的眼中有如慢動作。

華生舉起一腳的膝蓋，朝我的左腳落下。

「……嗚……！」

我的腦中——

閃過了「櫻花」這個技巧。那是一種同時使用全身肌肉，做出的超高速攻擊。

（——！）

現在，我的身體和天空樹相連的支點，只剩下左手。

不過，左手腕、左肘、左肩、右肩、右手腕——我有這麼多加速點，肯定辦得到。如果是普通的爆發模式，做不做得到就不一定了。

狂怒模式下的我啊。都是因為你，害得我們走投無路了。

既然你能多發揮一點七倍的能力，那至少將功贖罪——

（將功贖罪你做得到吧！）

當華生的腳，即將落在我左手的剎那間。

「——！」

我使出狂怒模式的爆發力。

從左腕到右腕，加速扭動雙手——

最後，以亞音速甩出彎成鉤狀的右手。

幾乎同一時間，

啪！

華生的腳踵落在我的左手，我的手因此放開。

我瞬間騰空，激烈的疼痛令我閉上雙眼；但是……我沒掉落。

（……厲害喔，狂怒……）

我戰戰兢兢地……把視線上移。

現在我的位置，離觀景臺的邊緣很近。因為我戴著「大蛇」的右手，有兩根指頭**刺入**了外頭的鋼鐵牆面。

指頭在牆上開了兩個深洞，形狀如同保齡球上的洞口。

太感謝啦。

比爆發模式多一點七倍的能力，果然不是蓋的。

居然能用二指貫手在鐵板上開洞，我還真厲害啊。太感謝了，狂怒模式。

「……」

華生走來眺望塔下，想看我落下的身影。

他黑曜石般的雙眼看到我，驚訝睜大的瞬間，我伸出左手抓住他的頭髮。

剛才的踩踏傷了我的手筋，害我的手指使不上力——

但總算是纏住了他的頭髮，抓住了他。

「我也……教你一件事吧！你太有自信了，所以全身都是破綻！」

「好、好痛！放手！不要抓我頭髮！」

誰鳥你！我可是生死關頭啊。

我的左手抓住掙扎的華生不放，雙手用力……喝！爬了上來。

多虧華生趴地，避免自己摔落的緣故，我有了一個安定的支點。

「呼……呼……王八蛋！我真的差點去見閻王！」

我爬上來後，和華生扭打成一團。

有如小鬼打架一樣，在觀景臺上滾動。

滾動中，我們互朝對方的臉和肚子毆了幾拳。

「嗚！」

最後，華生踢了我胸口一腳，分了開來。

接著他一個單手後空翻，退到我剛才站的觀景臺角落——手槍的射程範圍內。

「呼！呼！呼……！」

我搖搖晃晃地站了起來——

看見華生淚眼汪汪地，拿著ＳＩＧ瞄準我，不禁皺起麻痺的眉毛。

「遠山……你、你……居然敢抓貴族、而且還是未婚的淑……啊！不對——敢抓我的頭髮，還、還打我的臉……！可惡，這是何等的汙辱，饒不了你……！」

一波未平，一波又起。

剛才的華生很冷靜，現在卻不知為何，因為剛才的扭打而暴跳如雷。

他下一秒可能就會射穿我的額頭。

好了，這次該怎麼辦……金次。

我沒有任何武器。

——要逃嗎？這個距離下，我逃得掉。

不管怎麼想，這邊都應該逃走。

先逃走，重整態勢。

（——不對。辦不到……哪能逃走……！）

喂，狂怒模式的我啊。

剛才我很感謝你——不過，拜託不要在這邊展現男子氣概啦。

你的想法是錯的。

不過——

我真的辦不到啊。

不能就這樣逃走。

現在如果撤退，這傢伙就會對亞莉亞不軌。

我想像不到他會做什麼，但亞莉亞會**被他搶走**，唯獨這點我很清楚。

所以，

「亞莉亞，怎麼可以，交給你……！」

我開口說，不肯退縮。這很明顯是戰術上的錯誤。

但仔細想想，我這陣子已經逃夠了。

對於華生和亞莉亞的關係。

我一直不願去正視。就這樣過了好幾天、好幾天。

所以今天。

今天我不會撤退。

——我不會再退半步了！

我下定決心，瞪著華生的槍口。這股決心，也可說是狂怒模式的執著。

他的目標是，無防彈制服保護的頭部。

情況就和昭昭那次一樣。

不過，比那個時候更糟。

揮刀斬彈、彈子戲法、嘴咬子彈、空手偏彈——這些招式都沒辦法用。

我沒有武器。牙齒咬彈如果被震昏，他就會用刀把我刺死。就算我帶著自傷覺悟，也無法用手指偏彈。因為剛才的踩踏，已經弄傷了我的左手。

不過——

一定有，一定還有活路。

只要不說亞莉亞禁止的那個字眼——「辦不到」，我就一定有辦法。

對。活路一定是……這樣……！

「你瞄準一點啊，華生。」

我說完這句話——

回想起五月，在地下倉庫的戰鬥。那是此招的第一個原型。

——上吧。

利用狂怒爆發的玩命招式，今晚就讓我再用一次吧。

「不用你來說。這種距離下，我不會射偏……！」

這座螺旋支柱圍繞的 Tokyo Sky Tree。

直譯是天空樹，樹木的意思。

樹木會開花。

此招第二個原型是櫻花，恰巧也有一個花字。

「——螺旋——」

新招式的名稱，自我口中冒出。

我左腳向前跨，右腳後拉站穩。

接著，右手抱住自己的左肩，以不自然的姿勢——

纏住自己的身體。

再進一步扭動自己的腰部和背部，往左方轉到底。

——大幅，**扭動**全身。

這一招必須做出準備動作，集中力氣……當作一種「蓄力」。

這個姿勢下——

也會讓我的頭部偏向左方。於是我轉頭向右，用僅剩的右眼看著華生。

我的嘴角被自己的右肘藏住，唯獨眼睛沒有挪開。

沒有自槍口挪開。

「你看起來……好像有什麼企圖呢，遠山。你真可悲，那種虛張聲勢，居然成了你最後的招式。」

「——你有辦法殺我，你就試看看吧！」

這一招——

只要慢個〇．〇〇一秒，偏離〇．〇〇一公釐，我都會沒命。

把集中力提高，提高到極限。

「阿門！」

槍口伴隨祈禱的話語，放出了光芒。

一發子彈，朝我的眉間飛來。

「——！」

我第一步，模仿白雪的拔刀術「緋緋星伽神」——

一口氣鬆開扭死的身體，放出全身積累的力量。

這招有別於直線形的「櫻花」，但加速度的旋轉力卻不相上下。

子彈即將射中我的瞬間。

我的右手，由左至右揮出。

速度——接近音速。這樣就夠了。不能讓速度的衝擊，弄傷我的手。

我的手臂橫劈，就像在地下倉庫，對貞德使出「二指空手奪白刃」時一樣——

鏗鏘——————！

使用「大蛇」的食指和中指，成功夾住子彈〇．一秒。

當然，人類無法空手停住子彈。

子彈從我的手指之間鑽出。

不過，招式的**旋轉力**——讓我能像「空手偏彈」一樣，改變子彈的軌道。

「——嗚！」

鏗！

我身後的柱子冒出火花。

如鞭子般甩出右手的我，以這個姿勢，目送子彈飛過身旁。

最後，我大大地鬆了口氣。

——「螺旋」。

單手版的「空手偏彈」。

招式成功之後，我才感到背脊發冷。

這種招式簡直是惡夢，我不想再用第二次了。

子彈剛才掠過我的身體，距離僅數公釐。

若不是狂怒模式，這種超不怕死的招式……我可能無法立刻在實戰中使用吧。

「……現在大家都沒子彈了。怎麼辦，還要打嗎？」

我回瞪觀景臺邊緣的華生一眼。

「……嗚……！」

華生事前調查過我，現在我卻接連使出他不知道的招式。所以，當我倆目光交會的瞬間，他就像被巨人瞪視的小孩一樣——

往後退了。

「喂……！……王……王八蛋！會掉下去！」

我全力衝刺。

華生因為子彈用盡，又不曉得我還有什麼必殺技，才會被我一瞪就心生恐慌，嚇得連自己站在哪裡都忘了。

「——呀！」

他一腳踩空摔了出去，防彈外套因此而飄起。

我朝著他，像在撲壘一樣飛奔過去。

「……！」

速度之快，連我都有可能會摔落。最後我抱住華生的雙手腋下——鏗！

兩人的額頭還撞在一起，但總算成功接住他了。

「……嗚！」

華生在鼻子互貼的距離下被我抱住——

嚇得蒼白的臉龐，突然「轟隆隆」地變得火紅。

「你在、害羞個什麼勁、啊……！」

我慢慢將華生的身體抱了上來。

「為……為什麼，要救我！」

「——這還用問嗎？」

我看到華生在這種狀況下還逞強，不禁發出苦笑。

華生見到我的苦笑，這次——

居然露出了心頭一揪的表情。

就叫你別這樣了。你是一個美少年沒錯啦……可是男生露出那種……

男生……露出……等等！

喂、喂……？

我把華生抱到一定的高度後，想讓他坐在邊緣處。於是，我轉動他的身體，從背後抱住他時……

雙手猛力掐住了他的胸部，但手上傳來的……這……這股觸感……

「……！」

不、不是吧……？

「……嗚……！」

華生好不容易才爬了上來，剛才險些摔落的恐懼，使得他站不起來，像人魚公主一樣坐在地上，撐起了上半身。

接著，他一邊用驚慌顫抖的眼神看著我——

一邊抱住自己，彷彿想藏住自己的**胸部**一樣。

Go For The NEXT! 螺旋的天空樹

「原、原來『妳』是……『轉裝生』嗎……？」

我驚訝之餘，不自覺地說出武偵高中的地方單字。

華生低伏著臉，毫無回應。

「轉裝生」是指，男扮女裝或女扮男裝到武偵高中上課的學生，是極其稀少的狀況。為了應付特殊條件下的犯罪搜查，只要獲得教務科的許可，學生即可變裝成異性來上學。

我們學校也有這種人，每個學年大概一到兩個。

這傢伙……似乎就是那種學生。

回想起來，她的確有好幾個可疑之處。

她之前不想看武藤拿的寫真雜誌，而我從一開始就覺得她莫名的危險，這大概是爆發模式的本能所致吧。

還有「變裝食堂」的事情，從性格來看，她會毫不在乎地穿上女生制服……其實是一種戰術吧。

我在偵探科學過，《孫子兵法》中有一種叫「備周則意怠，常見則不疑」（註19）的計謀，是智慧犯會用的手法。

簡單來說，真正的犯人會以一派輕鬆的態度，告訴武偵或刑警自己沒有不在場證明或認識被害人。

如此一來，對方就會認為「犯人沒理由說出會讓自己被懷疑的資訊」，進而相信對方是無辜的。

一直隱藏性別的華生，不特別抗拒穿女生制服……是為了防止自己是女生的事情遭到懷疑。

（真的假的……）

華生沒回答我的問題。

似乎默認自己是女性了。

接著，她維持人魚公主的坐姿——

啊……開始抽搭哭泣了。

這種哭法，男生做不到呢。她真的是女生。

「……遠山，你為什麼要救我，我剛才想殺你呢……之前我在學校還那樣設計

註19　出自《孫子兵法・三十六》第一計瞞天過海。

你……為什麼……」

「……妳去問發明武偵法第9條的偉人吧。」

「我居然被自己想陷害的對象給救了……這……這種奇恥大辱，我、我無法忍受。殺了我，基督教徒不能自殺。反正我就算被殺，也只會被當作意外處理。你沒必要遵守武偵法。」

「我子彈已經用光啦。」

我全身虛脫，變成大字躺在地板上。

「子彈我有。我把法化銀彈藏在那邊的柱子後面。」

「別那麼想死。話說，妳剛才用那個子彈不就穩贏了嗎？」

「法化銀彈不能對人使用。雖然你是半人半怪物啦……」

這種沒禮貌的話，別說得這麼順口。

原來……她還有子彈嗎？

換句話說，我這次是「雖贏實輸」囉。

「我是……貴族。既然輸了，至今所有的事情……」

華生用手背拭淚，嚴肅地俯視我說。

「直到扯平為止，你要怎麼報復我，我都接受。不管被怎麼樣我都不會抵抗，悉聽尊便。」

「對現在的我來說，這句話有點危險呢。妳是女生吧。」

我翻身背對華生。

根本沒精神站起來罵她。

「……不過，你幹麼要女扮男裝啊。」

「為了把亞莉亞拉入華生家。只要和男性的我結婚，亞莉亞就能進華生家。我就是為了這個目的——才會被當成男性養育。」

「……」

為了拉攏福爾摩斯一族，是嗎？

就跟蕾姬想把我拉進烏魯斯一樣，不過性別剛好互換呢。

這就叫因果報應啊。亞莉亞之前為我受了災難，這次輪到我為她受災嗎？

「貴族的社會責任——英國貴族為了名譽，在社會上必須出人頭地……同時在幕後，還必須參與祕密活動，無償地拯救社會。自由石匠這個祕密結社，就是為了實踐那種活動的崇高社團。」

不為人知、無償地拯救世人的結社嗎？

該怎麼說呢，就像正義的英雄集團呢。

「不過，華生家的救世活動，從三十年前開始衰敗。因為過去的功績，華生家的人一定會被提拔為上級幹部。如此被器重卻……我們在社會上很成功，卻忽視甚至輕視了該做的社會責任。所以……」

「所以，妳才想利用亞莉亞嗎？」

「……對……福爾摩斯家雖然沒加入自由石匠，但一直很認同我們的活動。所以華生家上上一代的當家，得知亞莉亞出生後，認為她未來一定會被養育成優秀的偵探……或武偵，才會和福爾摩斯家締結密約。恰好，我預計要在那年的冬天出生，所以長輩就讓她成為我的未婚妻。我出生後大家才發現我是女孩，這件事也沒讓福爾摩斯家知道。結社的規定不允許我們認養子，所以我們華生家只有結婚一途……」

……聽起來像是家族紛爭呢。

這對差點死於非命的我而言，簡直是天外飛來的麻煩。

「不過……遠山，我現在說的不過是幕後的原因。剛才我也說過了，亞莉亞真的有危險。巴斯克維爾的你不選擇加入『眷屬』的話——亞莉亞就會……」

華生像在倚賴我似地，開口說完——

還處於狂怒模式的我站了起來，

「追根究柢來說，我不記得自己有說過要加入『師團』……不過，現在如果我變成『眷屬』，八成會被『師團』的人追殺吧。我會被說是叛徒，然後被貞德冰凍、被蕾姬狙擊、被玉藻和梅雅下莫名其妙的法術，我可不想變成那樣。」

「可是……亞莉亞她……」

「對我來說，亞莉亞早就騎虎難下了。現在，她又硬要我當她的夥伴，而且我們又是同一個小隊的人，所以不管對手是誰都無所謂，誰要攻擊她我就保護她，誰要搶走她我就把她搶回來。就這麼簡單……帶我去亞莉亞那邊吧。」

「……你無論如何都不願意加入『眷屬』嗎？就算你們的立場再怎麼不利，再怎麼危險？」

「不利和危險是常有的事。」

我說話的同時，華生坐著仰望我。

現在四周很暗，我看不太清楚，不過總覺得，她的眼神又突然——變得很有女人味，會讓人心頭抽動。這種感覺真不好。

「我……我知道了。遠山，以後我也會幫助你，當作我最起碼的——贖罪。我也會撤回之前對自由石匠的建議，重新建議他們加入『師團』。」

說完，華生一副下定決心的模樣，站了起來。

接著……她拾起藏在柱子後方的兩個彈匣，走過來說：

「亞莉亞在上面。」

不知為何，她把其中一個彈匣遞給了我。

我接下來一看，子彈是銀彈頭而非鉛彈頭——不過是9mm魯格彈，貝瑞塔也能使用。

「為啥需要子彈啊？」

「……我不能說，希望不會用到。我會自己上去把亞莉亞帶過來。」

華生的語氣不容分說，所以我取出了子彈——

一顆一顆地塞入貝瑞塔的彈匣中。

這時，華生開口說：

「我……很羨慕你。」

「羨慕我？」

「……其實，我第一次見到你和亞莉亞的時候，心裡就很清楚了。最適合當亞莉亞夥伴的人，是你。我早就下定決心，這一輩子都要為亞莉亞奉獻……所以我很不服氣，很嫉妒你。因為這樣，我在武偵高中做得有點過火，我向你道歉。」

「那妳下次請我吃那個牛排，食物的怨念是很可怕的。」

華生聽見我提起學生食堂的事情，莞爾一笑。

她第一次……讓我看見這種毫不修飾、像女孩會有的笑容。

果然……她也有她可愛的地方呢。

「亞莉亞的心情，我稍微能體會了。」

「什麼心情？」

「那也是我嫉妒你的原因。我畢竟是女生……所以我能明白。」

「明白什麼啊。」

「──亞莉亞愛上了你。」

……

……嗄？

說什麼蠢話，那傢伙可是每天平均賞我七點五顆子彈喔。

「不可能。」

我爽快說完──

華生稍微豎起柳眉，像在提醒我似地開口說：

「你的心情我也多少能了解。所以我斗膽告訴你，你千萬不能愛上亞莉亞。」

又是……這個話題嗎？

蕾姬之前也說過類似的話呢。

「我也斗膽告訴妳，妳根本啥都不懂。我每天被亞莉亞打得有多慘……」

我把頭別向一旁。

這時，終於。

我才注意到──

眼下的街道有些**不對勁**。

有一個角落的燈光，接二連三地消失了。

從這裡望去，失去燈光的昏暗空間逐漸擴大。

燈光不停消失，似乎是停電。有一區的路燈、號誌和住宅燈火，也同樣熄滅了。

「……？」

取而代之的是，我們遠方的上空亮了起來。

什麼東西……？

天空樹的４５０ｍ附近，第二觀景臺的周圍有光源。

我們在槍戰的時候，上面該不會還在施工吧？

「嗚……！Watch out! High!（小心上面！）」

華生注意到光源轉頭上望，驚慌之餘以英文大叫說。

光源……落了下來。

那是……什麼啊……？

有一盞強力的照明燈，點著燈掉下來了嗎？

不對，那不是燈光。

好大。

直徑約兩公尺的球體！

我睜大眼睛的同時，

「遠山……！快離開我！」

啪！

華生使勁把我推了開來。

下一秒，我的視界——

變得一片蒼白。

華生連尖叫的時間都沒有，直接被球體擊中。

啪哩啪哩！一個震耳欲聾的放電聲，響徹我的耳邊。

我第一時間用雙手擋住自己的臉，手部也感受到電流通過的麻痺感。

這是——**希爾達的招式**？

這是怎麼回事，這招的威力比之前襲擊我們時還要強大……！

「華生！」

「——！」

「High！」——上方！

華生剛才的叫喊，迴盪在我的腦中。

空氣受到高熱的影響，轉為上升氣流瘋狂吹拂，形成了螺旋的漩渦。

氣流不停往上、往上，彷彿在呼喚我一樣……！

——像龍捲風一樣，到上面來——！

Go For The NEXT!

後記

聖誕快樂！今年赤松聖誕老人也來到書店的啦！

第八集的陣容相當豪華，除了上一集尾聲一口氣出現的新角色外，還多了一位自稱是亞莉亞最佳拍檔的神祕美少年喔。通信科的中空知也意外地活躍呢。現在，就將這本書獻給各位讀者！

眾所期待的動畫版，目前在製作上也很順利。**MF Comics**也推出了漫畫單行本，《緋彈的亞莉亞ＡＡ》也在《YOUNG GANGAN》連載中。亞莉亞的世界正在蓬勃擴大中！

好了！又到了慣例的「緋彈的亞莉亞Q&A專欄」了，這次的問題是：

Q：「武偵憲章總共有幾條，內容又為何呢？」

這邊赤松將針對亞莉亞和金次常引用的武偵憲章，來為各位做個說明。

武偵憲章總共有十條，是國際武偵聯盟（ＩＡＤＡ）創立時制定的條文，好比「武偵的行動須知」。值得注意的一點是，第九條禁止殺人的規定是日本武偵法的範疇，並非憲章，請不要搞混囉！而憲章的全文如下：

第一條：同伴之間要互信互助。

第二條：與委託人訂下的契約，必須確實遵守。
第三條：要有實力。不過在那之前，必須先走在正道上。
第四條：武偵應當自立自強。對方沒求援就不該出手干涉。
第五條：行動快速。武偵必須以先發制人為第一宗旨。
第六條：自我思考，獨立行動。
第七條：凡事要做最壞的打算，樂觀去行動。
第八條：任務必須徹底完成。
第九條：放眼世界，展翅高飛，不分國籍人種，共同奮戰。
第十條：不要放棄。武偵絕不放棄。

條文多是振奮人心的內容，不僅督促同伴之間要彼此合作，還要求武偵個人要自立自強。金次等人的武偵手冊上頭，在最後一頁也看得到喔。

這些內容有一部分，是以我過去就讀的高中校訓為基礎。就像亞莉亞會提醒金次一樣，我的老師也時常嚴厲地提醒我，使我一直牢記在心裡。

各位讀者在未來，如果遇到讓自己很有啟發的詞句時，請務必把那句話銘記在心喔。要是你能在《緋彈的亞莉亞》中找到那樣的話語，赤松我會感到非常幸福的。

就這樣，第八集到此告一段落。下次我們在動畫開播時再見了。掰掰！

二〇一〇年十二月吉日　赤松中學

大家好　我是こぶいち！
這次有好多COSPLAY，
我畫得很開心呢！
也看見貞德令人意外的一面。

那麼我們下集再會吧！

浮文字
緋彈的亞莉亞(8)螺旋的天空樹
（原名：緋弾のアリアⅧ 螺旋の天空樹（トルネード・ハイ））
作者／赤松中學　封面插畫／こぶいち　譯者／林信帆
發行人／黃鎮隆　協理／陳君平
總編輯／洪琇菁　國際版權／林孟璇
執行編輯／呂尚燁　美術編輯／李政儀
企劃宣傳／邱小祐
出版／城邦文化事業股份有限公司　尖端出版
台北市中山區民生東路二段一四一號十樓
電話：（〇二）二五〇〇七六〇〇　傳真：（〇二）二五〇〇二六八三
E-mail：7novels@mail2.spp.com.tw
發行／英屬蓋曼群島商家庭傳媒股份有限公司城邦分公司　尖端出版
台北市中山區民生東路二段一四一號十樓
電話：（〇二）二五〇〇—七六〇〇（代表號）
傳真：（〇二）二五〇〇—一九七九
北部經銷／祥友圖書有限公司
電話：（〇二）八五一二—三八五一
傳真：（〇二）八五一二—四二五五
中部經銷／高見文化行銷股份有限公司
電話：〇八〇〇—〇五五—三六五
傳真：（〇二）二六六八—六二二〇
雲嘉經銷／智豐圖書股份有限公司　嘉義公司
電話：（〇五）二三三—三八五二
傳真：（〇五）二三三—三八六三
南部經銷／智豐圖書股份有限公司　高雄公司
電話：（〇七）三七三—〇〇七九
傳真：（〇七）三七三—〇〇八七
一代匯集／香港九龍旺角塘尾道六十四號龍駒企業大廈十樓B&D室
電話：（八五二）二七八三—八一〇二
傳真：（八五二）二七八二—一五二九
馬新總經銷／城邦（馬新）出版集團　Cite(M)Sdn.Bhd.
E-mail：Cite@cite.com.my
大眾書局（新加坡）　POPULAR(Singapore)
E-mail：feedback@popularworld.com
大眾書局（馬來西亞）　POPULAR(Malaysia)
E-mail：popularmalaysia@popularworld.com
法律顧問／通律機構
台北市重慶南路二段五十九號十一樓
二〇一一年十一月一版一刷
二〇一四年十二月一版六刷

■中文版■

郵購注意事項：
1. 填妥劃撥單資料：帳號：50003021戶名：英屬蓋曼群島商家庭傳媒(股)公司城邦分公司。2. 通信欄內註明訂購書名與冊數。3. 劃撥金額低於500元，請加附掛號郵資50元。如劃撥日起 10～14日，仍未收到書時，請洽劃撥組。劃撥專線TEL：(03) 312-4212 ・ FAX：(03) 322-4621。E-mail：marketing@spp.com.tw

國家圖書館出版品預行編目資料

緋彈的亞莉亞 / 赤松中學 著； 林信帆 譯. --1版.
--臺北市：尖端出版, 2009.10
面 ; 公分. --(浮文字)
譯自:緋弾のアリア
ISBN 978-957-10-4628-0(第8冊：平裝)

861.57　　98014545